Gaea

Gaea

護玄——著
たからくじ。
彩券
因與聿案簿錄 三

彩券

因與聿案簿錄 三

目錄

人物介紹

虞因
大學生，有自然捲，髮色大多時間是褐色的(萬年染色款)。性格愛玩有點衝動，經常和同學出入夜店與夜遊，不過遇到正事時又很沉得住氣。有陰陽眼。
少荻聿
高中生，黑直髮紫色眼睛。皮膚白皙，有外國血統。因為家裡發生滅門慘劇受到很大打擊，變得不願/不能說話，但是個性細心，在語言方面很有才華。

虞佟
阿因的父親。警員，黑髮娃娃臉(有著高中生般的面孔)脾氣非常溫和，擅長烹飪，因為曾經重大車禍關係所以視力衰弱。
虞夏
虞佟的雙生兄弟，阿因的二爸。警員，脾氣非常暴躁但辦事效率極佳，指著他叫小鬼必定會被揍。目前在刑事組任職，幾乎整年都在跑現場查案。
嚴司
撈過界的法醫，暫時到本市警局支援法醫工作。興趣是遊玩人間，不過經常加班趕工沒得玩。

「買一點希望。」

對著所有路人伸出了手，廣告女郎站在號碼球滾動的機器旁邊，露出甜美的笑容。

「送出您的愛心，爲自己和別人買出更多希望。今日開獎明日開彩，還有新玩法，讓您在散播愛心當中得到更多回饋希望；您今天找到希望了嗎？」

走過大大的廣告電視外牆，虞因看了最近打得很火熱的新廣告一眼，是個買張彩券可能中多少彩金的廣告。

在風靡國外之後，目前席捲了台灣的新遊戲……或者也可以說，這遊戲其實一直都存在，只是現在被光明化，讓所有人都可以接觸，也讓部分需要幫助的人，能夠賣彩券換取微薄的收入過生活。

夜晚的霓虹燈將四周映得特別光彩閃亮，連電視牆都好像打上了一層薄薄的光，令人忍不住駐足觀看。

他停步看了一下廣告牌，是這幾天新推出的彩券廣告，除了舊的之外，又新增了幾種不同的。

附近酒吧的調酒師，正好要打理東西而走出門，因爲彼此熟識便打過招呼。

就在把視線收回來想要提步離開時，一個聲音打斷了他剛剛悠閒發呆的時光。

「阿因。」遠遠街道另外一角，有人朝他揮手，然後在下一個紅燈之後，快步跑過來，邊跑還邊大喊，迫使他不能使用假裝沒聽到的逃逸招數。「眞難得會在這邊看到你……咦？你去染頭髮喔？」一手旁邊還掛著個金髮大眼的女生，在夜晚尋找樂子的阿關，笑笑地拍了朋友一把。

抓了抓自己剛剛從美髮店染出來、還有點濕度的褐髮，虞因點了點頭：「對啊，黑色的都長出來了，想說最近很忙，所以預約今天晚上去重染。」那個叫作少荻聿的臭小朋友看到他的黑色髮根那一剎那，居然整個人錯愕給他看。拜託，他又不是天生就是這種顏色的頭毛好不好。

爲了避免那個臭小鬼的探查目光，虞因在忍了一星期之後，終於預約了美髮店，重新將頭髮整理一下。

「你的髮色好像有變耶。」盯著似乎近似先前固定用色有點不同的髮色，阿關半是好奇地問著：「這次的比較好看喔。」

「哈哈，人家要實驗新色，說可以免費幫我弄；我想也沒差，就讓他們試了。」

因爲美髮店是某位學長開的，介紹他用什麼還沒授權上市、廠商先給他們獨家試用的新顏色，看起來和他之前染的也差不多，只是稍微淡了一點、色澤略有不同而已，所以就答應了。

不過，因爲是儘量不傷髮質的藥劑，所以上色的時間就相對比較長了一點；整顆腦袋弄好後也已經是晚間八點多近九點的事情了。

「要不要去唱歌？我們在附近有一攤喔。」挽著那個女生，得到答案之後就沒什麼興趣的阿關，這樣招呼著。

「免了，我最近要存錢買點東西，你們自己去玩吧。」對那女生滿身的香水味感到有點反感，虞因很快將這兩人打發離開了。

這一帶接近市區所以有點人潮，到了晚上人更多，還有賣小吃的攤販。他左右張望了一下，想到附近有個小攤位是賣手工糕點的。現在回去，應該大家都吃飽了，買一些回去剛好當點心。

快步到了點心攤，抽了號碼，他大略看了一下，還得等上七、八個人，所以寫了訂購單後，就在附近逛起來。

密集的人潮區一帶，也開了幾家新的彩券行，晚間正逢開獎時刻，刻意延長營業時間的店家打開了電視，店前的櫃台邊圍了好幾個玩家正在關注。

「喂，聿嗎？」撥通了手機之後，虞因等了半天，對方都沒有出聲，所以他馬上就知道是誰接了電話。「我還在市區等東西，跟大爸他們說一下，我大概再半個鐘頭左右到家。」

對方依舊沒有出聲。是說，明明聿不會講話，爲什麼大爸和二爸不自己接電話啊。嘖，果然人老了就會跟著變懶。

「那就這樣囉，Bye。」掛掉電話後，虞因才發現自己逛得有點遠了。

一路上又買了一點滷味之後，虞因逛著往剛剛的點心攤走回去。

接近那一帶時，猛地有個人影直接從其中一家店衝出來，重重地往虞因用力撞上去，兩個人馬上一左一右地往旁邊摔倒。

「靠！你走路不看路啊！」反射性地按著旁邊牆壁，虞因直接開罵。

「對不起、對不起，我不是故意的。」那一個自己衝上來而被撞飛的人，手腳並用地爬過來，然後拚命道歉，「對不起，我剛剛太高興了，不小心的，眞的很對不起。」

挑起眉，虞因看著眼前這個可以稱之爲「詭異」的狀況。

那個撞飛他的人，用一種笑得很誇張的表情向他道歉，然後站起身將他拉起來，接著上下幫他拍衣服：「你也是大學生喔，同學，見到你眞好。」說完，還給他一個大大的擁抱。

一巴掌把他的臉往後推，虞因倒退了兩步，「這位同學，你嗑藥了嗎？」這附近酒吧很多，他知道很多人會拿著藥進去自己嗑壞腦袋。

「我沒有嗑藥啦，同學，你看看，我這輩子從來沒這麼爽過！」那個年輕的男孩遞過來一張紙。

疑惑地接過紙張，虞因只來得及看見那是一張彩券，馬上又被對方給抽回去：「喔，你中獎了喔，恭喜啊。」他想大概是那種幾萬塊之類的獎，最近大學生都太窮了，會爽成這樣是很正常的。

「對啊，我中獎了。」那個男孩含著一泡眼淚，猛然用很快的動作握住他的手，「我家貸款終於可以還清了，我媽還可以買她想要的乾衣機，接下來讀書都不用去湊學費了……」

不著痕跡地把自己的手抽回來，虞因看著這個高興到出現嗑藥症狀的人，「那……還是恭喜你了，這個就請你吃吧，回家後好好睡一覺，明天再規劃中獎的錢要怎麼用吧，晚安。」把手上的滷味塞給男孩，剛好壓在那張彩劵上，他很好心地這樣告訴他。

很多人都是中獎之後亂花，反而更缺錢，所以他給了很善意的提醒。

抱著那包滷味，對方用一種淚光閃閃的眼睛看著他，「這位同學，你眞是個好人，請告訴我你的名字，我會報答你的。」

「不用了，謝謝。」

「別這樣！快告訴我吧！」

「眞的不用了，謝謝！」

抱著頭，虞因快速逃逸。

「同學！別這樣！」

緊緊追上來的男孩，就這樣追了虞因兩條街，直到虞因轉過街角衝入某個酒吧之後，才把他甩掉，對方也才放棄地離開。

躲了差不多十分鐘之後，虞因才從酒吧裡走出來。

他又再次印證了「歹年冬、厚肖郎」這句話。

「神經病。」踏上街道之後，確定沒看到那個人，虞因才爲剛剛的狀況下了三個字的結論。嘖，還損失了一包滷味；算了，等會兒再重買一次好了。

浪費了一點時間之後，他終於回到賣點心的攤位，領回已經接近半涼的糕點，向老闆打過招呼後，往街邊停放摩托車的地方走去。

對了，剛剛那個人看起來和他年紀差不多，也不知道是哪裡的學生。

「最近的學生都這麼奇怪嗎？」

該不會是讀書讀壞腦袋了吧？

這是今晚虞因的第二個結論。

1

「多買多希望。」

「送出您的愛心，今天開獎明日開彩，開出新希望，您準備好用一輩子乘著希望去渡假了嗎？」

清早起床的虞佟，一邊打著哈欠，一邊打開了電視，照往常般轉到新聞台，上面正在播放新彩券的宣傳廣告，以及前晚彩券贏家。幾秒之後，畫面重新交還給主播，開始報導昨日晚間南部大火的新聞。

牆上的時鐘還標著五點多的時間。

戴上眼鏡，一邊盯著電視上的新聞，一邊打開沙發旁的電話答錄機，虞佟腦袋裡開始盤算，今天早上應該弄點什麼東西給還在睡覺的另外三個人。

電話答錄機裡僅有一則留言，時間是在他清醒前一個小時：「虞佟，你今天幾點過來？可不可以在上班前繞去西區那邊一下，昨天西區跳樓的那件案子，之前偵查的隊員說是自殺，跟上面打過招呼後，今天要結案了，麻煩你過去向死者家屬說明，我把資料寄到你信箱……」

站起身，拿了筆記型電腦連線，虞佟果然在收信匣裡面看見一封同僚寄來的信件，連上事務機之後，將信件附檔印了出來。

是幾張簡易的資料，上面有幾張死者相片，以及勘查紀錄和一些相關的地址資料之類的，因為不是正式表格，所以記錄並不是很詳細。

不過，在紀錄最下方附有昨日的現場勘查資料，上頭每項資訊都指向自殺方向。

大致上看了一下資料後，他隨手拿了個公文夾把紙張給收好、放在旁邊的櫃上，接著就轉往廚房走去，時間差不多是五點四十分。

進了廚房沒多久，第二個起床的聿從房間裡像遊魂一樣晃了出來，進入浴室，十分鐘後就趴在沙發上盯著新聞看了。

大約再過十分鐘，虞因也從房間走出來，一邊抓頭打哈欠，一邊進入浴室，沒多久就晃過來廚房了。「早，大爸。」

「早，你今天早上有課嗎？」基本上，如果平常早上沒有事情的話，阿因應該會睡得更晚一點。

「沒有，太熱了，睡不著。」盯著桌邊的果汁，虞因這樣說著。

「房間不是有裝冷氣？」看了自家兒子一眼，虞佟倒了杯果汁遞給他。

「房間變冷，會常常有奇怪的東西跑進來，所以我不太喜歡開冷氣。」接過冰涼涼的果汁放上桌，虞因走進廚房，幫忙從烤箱裡抽出麵包。

他們家雖然很久以前就裝了冷氣，但總是很少開。

大爸整個人好像氣溫跟他是不同世界的東西，所以幾乎不用；二爸老是嚷著要環保，開冷氣就是萬惡無赦。倒是聿比較常開冷氣吹；而虞因自己則是可以不開就不開，因為有時候房間氣溫降下以後，就會有怪東西跟著進來，所以他不喜歡。

聽兒子這樣說，虞佟只是笑笑的，沒表示什麼意見。「夏昨天弄案子弄到很晚，不要去吵他。」全家裡面，虞夏清醒的時間最不一定，除了有事會自己設鬧鐘起床以外，幾乎總是睡到自然醒——不過這種機會很少。

虞夏一年有三百五十天都用在辦案上，每日睡眠大概不到五個小時，有時還連日熬夜，休假累積時數已經破錶到搞不好連休半年也沒問題了。

一年中剩下的那十五天，大概就是用在病傷假上的。也不對，虞夏不太容易生病，所以幾乎有十四點五天是用在傷假，剩的零點五天，大約就是爲了躲避討厭的上級所使用的請假藉口了。

所以，虞因老是目無尊長地笑他二爸是根耐燒的「特粗生命蠟燭」。

「二爸今天還要上班嗎？」撥開著還熱得燙手的麵包塊，虞因隨口問道。

虞佟停下動作，嘆了口氣：「昨天有集體械鬥，死了兩個人，彈道比對是同一把槍，因爲我們去得快，所以抓到了大部分的人，可是開槍的傢伙逃掉了。上面給了壓力要夏快點找到人交案，所以這陣子可能會比較辛苦一點。」

「喔。」虞因知道這件事情，因爲昨天的新聞報得很大，好像就發生在西區一帶，起因僅是吃宵夜時看對方不順眼，接著就撂人打起來了。

幸好事情是發生在夜間，如果是白天就慘了。

而逃走的人身上還帶著凶器，所以，他可以理解二爸那邊會有的壓力。

畢竟媒體重複不停地播報，輿論也起了很大影響，不趕快解決是不行的。

虞佟偏頭想了一下，突然笑起來，「夏昨天在警局全武行喔。」他剛好送件路過，看見一樣的笑話再度重演。

誇張地嘆了口氣，虞因回問：「又是哪個笨蛋把二爸當高中生？」這他很習慣了，因爲自家兩個老爸是天殺的娃娃臉雙胞胎，還是比自己看起來小的那種，經常有人不知死活地把虞夏當成高中生；而虞佟則因爲戴了眼鏡，還勉強可以撈到個大學生身分。

剛進入警局時，幾乎天天都在上演全武行，每個叫高中生的員警大概都被修理過了，慘遭毒手的指數是全體人員的百分之八十五。現在只有新進員警會笨笨地錯認，而其他人則大多爲了看好戲而刻意不去提醒。

畢竟自己被修理過，當然也要看別人踏上自我毀滅……不是，自尋死路的過程。

「昨晚械鬥的人抓回來時，夏要他們把身上的身分證都繳出來，結果被罵了一句：『死高中生，當心我幹死你老母』。」虞佟覺得那句話眞的很經典，足以引爆他弟的最高怒火。

不用去關心後續發展，虞因覺得自己完全可以想像昨天的警局裡是多麼腥風血雨。

可虞夏最厲害的就是，他雖然衝動，但是下手都不會留下傷痕，尤其是對犯人。

「願那個人可以平安走出警局。」默默在心中爲白痴默哀，虞因端著麵包走出廚房。

客廳外的電視仍在播報著重複的新聞。

在餐桌上放下麵包盤後，他注意到旁邊櫃上擺著的文件夾。

平常虞因不會特地去偷看虞佟、虞夏兩人的公文，但是他看見那份公文的瞬間，突然右眼皮抽動了兩下，有種相當不好的預感，像是被推倒的水盆嘩啦沖了一地的水。

他不知道那是哪宗案件的公文，可是等他意識到的時候，自己已經翻開那份簡略報告書，正在讀著上面的文字了。

最上面的那張有著「勘查爲自殺」等的字樣，再往下翻開、看到照片的那瞬間，虞因整個頭皮都發麻了……

「阿因，你在看的那個，是我等會兒要出的公差，我沒記喪家的地址，所以不要弄丟了。」很習慣公文被隨意翻閱，虞佟端著濃湯鍋走出廚房。

「這個人自殺？」看著上面頭顱幾乎摔碎的相片，虞因實在無法將這個人跟他知道的那個人連結起來。

「對啊，現場勘驗結果是這樣沒錯，同時也調出資料，知道他們家負債累累，或許是因爲這樣負擔過大才造成悲劇吧。」常處理這種事情的虞佟，用一種司空見慣的口氣說著：「自殺的地點是借款公司的大樓樓頂，大概和債務沒處理好也有關係吧，我們後續會再跟那公司釐清相關責任問題。」所以今天除了要去喪家之外，他還得往借款公司跑一趟。

眞是奸詐啊，同事居然把麻煩的事情丟在他頭上。

「這個人家裡欠多少錢？」虞因又翻了一下後面的死者相片，這樣詢問著。

「如果我沒記錯的話，好像是兩千多萬吧，早期買房子的貸款跟他父親欠下的債務，因爲是分別向很多不同的地下錢莊借錢，所以變成這麼多，後來才把債務都轉移到現在這家公司。」虞佟很快就回答了，然後走過去，「你怎麼突然對這個案件這麼有興趣？已經要以自殺結案了喔。」抽過公文夾，他這樣說道。

沒有立即回答，虞因瞇起眼，回憶著自己那晚遇到的人，他實在無法將那個人和自殺者聯想在一起。

不像，完全不像。

「大爸，你等等要去拜訪喪家嗎？」他抬起頭，覺得自己應該去弄清楚一些事情。

「嗯，我要去告知一下要結案的事情。」不知道他爲什麼會這樣問，虞佟仍然點了頭。

一得到答案，虞因馬上接著說：「那好，我跟你一起去。」環起手，無視於自家老爸疑惑的神情，虞因逕自讓思緒回到前兩天那個詭異的晚上、那個詭異的人。

「我好像見過那個自殺的人。」

□

他的思緒停留在兩天前的晚上。

依稀記得那個衝出來撞他的大男孩，年紀應該也和自己差不多大，中了一張彩券，樂得好像天下好事都發生在他身上一樣。對於這個人的第一印象，虞因怎樣想都不覺得他是會去自殺的類型。

那傢伙給人的感覺太過開朗了。

「阿因。」

就在發呆之際，虞因讓旁邊的聲音打斷了思緒，轉過頭，看到一身黑色較爲正式西裝的虞佟正在叫他：「麻煩等會兒進去後，不要隨便亂講話，他們家只剩下媽媽和一個小妹，喪事是母親家出面協助辦的，聽說父親那邊完全沒有人出面。」

早餐後，虞佟算是答應了他的要求，開車載自家兒子一起到喪家去。

他一向比虞夏還好講話，只要不隨便亂搞的話。

「喔，好。」回過神之後，虞因拉拉身上的黑色衣服，看著車外的景象。

凶死在外頭的親人，按照習俗不能進門，父母也不能送他，所以簡單的靈堂是設在屋外的。有幾個應該是死者同學的人，正在旁邊幫忙整理花朵和桌巾，整個場面冰冷而寂靜，只見好幾個穿著白衣的人穿梭走動，無言地遞著手上的東西。

就連坐在車中的他們，都可以感覺到那幾乎讓人窒息的氣氛。

安靜，靜默到像是連空氣都隨之停止下來，只能用一種不觸碰到人的方式緩緩流動。

虞因突然覺得這次聿沒來眞是太好了；小聿最近拿到大爸幫他辦的圖書館證件之後，幾乎總是不見人影，整天窩在圖書館裡，也不太搭理自己了。

把車停在一旁之後，虞佟和虞因兩個人下了車就看見附近有幾個掛著名牌的人，大概是協辦的殯葬社業者。

「你等我一下。」虞佟拍了一下自家兒子之後，到旁邊的桌台放了白包慰問，才走回來，「你要不要去上個香？我等下要進去跟死者的母親打個招呼。」

「喔，好。」虞因點點頭，在旁邊的工作人員引導之下，去靈堂裡上了炷香，他左右看了一下，沒看見什麼奇怪的東西，然後便退了出來。

由四周有許多和他年紀差不多的男孩女孩看來，死者生前應該人緣不錯。很多女生手上都掛著一串白紙鶴，上過香後，就往前放在台上，台上已經滿滿地不知道累積了幾千隻；部分男生則是送來花朵跟一些小東西，算是給好友最後的送行。

不曉得為什麼，虞因總覺得這裡的氣氛好像有種說不出的怪異，但是卻又不曉得要從何講起。不是因為死亡，而是這些同學營造出一種相當奇怪的氣氛。

該怎麼說，他覺得這些人給他「好像不只是送行這麼簡單」的感覺，雖然每個人都表現了哀悽，可是，空氣中隱約可以嗅到詭譎的平靜憤怒。

他們像是在醞釀著什麼，讓人打從心裡不安。

退出簡單的靈堂之後，虞因向虞佟打過招呼，後者原本正在向業者詢問一些事情，但很快就結束了。

「你要進去嗎？」指著屋內，虞佟這樣詢問著。

「我待在外面好了，我跟他媽媽不熟，進去好像很奇怪。」聳聳肩，虞因可不想去干擾別人辦公務。

「那好，我很快就出來了，你在這邊等一下吧。」大概也不是很想讓他進去，虞佟說完便進了屋內，有個比較小的女孩很快地迎了上來，領他往屋後走去。

閒空下來之後，虞因望了那個安靜的靈堂一眼，沒有興致再進去探看，就在屋外走動。

很明顯地，死者的家境眞的如同虞佟所說的那樣窘迫，小小的房子只有一層樓，大概也沒有幾坪空間，上面有個很像是違建的鐵皮樓層，可是只加蓋到一半，應該是最近才開始動工。

房子又舊又小，要不是有人領路，虞因自己還眞找不到這種地方。

對了，他記得他們家債務很多……好像還有一筆是他父親欠下的，可是怎麼沒看到有父親這號人物存在？

大致打量過四周之後，他左右看了一下，旁邊小小的休息區中有椅子，也沒多想，就走過去坐在空椅子上。

接著，有一個人靠近他。

「請問……你也是永皓的朋友嗎？」是個女孩子，年紀跟他差不多大，短髮上夾著小小的髮夾，一身素黑的裙裝，看起來就是很普通的大學生。

永皓——陳永皓，就是虞因前天半夜遇到的那個怪人，而今已經變成官方檔案上的自殺者之一。

「應該算是吧。」虞因想了一下，怎樣也不大覺得那種狀況稱得上是什麼朋友。

那個女孩子在他身邊坐下來，「現在在場的人大部分都和永皓有關係，有的是同班同學，有的是受過他幫忙的人。」

聽起來死者好像是個很常做好事的人。

環顧一下現場人群，虞因心中這樣下了結論。

「那妳是哪一種？」試探性地詢問起來，他猜想著，這個人生前究竟做過多少好事情。

「我是受過永皓幫助的人，他這個人很好、很樂觀，以前我被甩時，想不開要從五樓跳下去，他拽著我的手整整十分鐘，叫我要勇敢活下去，還要想想家人，後來消防隊救了我……我實在不相信永皓會自殺，那根本不符合他的個性。」一邊這樣說著，女孩眨眨眼睛，流下了透明的眼淚：「後來他怕我又想不開，帶著我到處散心，我知道他要打工很忙的……可是他還是笑笑地說沒關係……」

「所以，妳也覺得他不像是會自殺的人？」虞因沒想到這樣一句話，馬上引來其他好幾個原本正在靈堂前面徘徊的人，很快地靠了過來。

「你也覺得他不像自殺對不對！」其中有個大男孩激動地說著，然後用力拍了虞因的肩膀，「我們這些人全都不認爲他是自殺，一定有問題，那種樂觀過頭的人，怎麼可能說自殺就自殺，以前還是他幫了我，我才沒有做出傻事耶！」

「我們這邊也都是差不多的狀況，來這邊的每個人都不覺得永皓會自殺，一定是有人動了手腳，那些警察不知道在幹什麼，都查不出來，還用自殺結案。」站在幾個人中間的男孩這樣說著，很快就引起其他人的共鳴。

注意到他們好像越講越憤慨了，察覺到不對勁的虞因立即站起身，「嗯……我想這些事情，你們應該提供警方參考會比較好一點，搞不好可以讓他們多方面偵查。」糟糕，這邊狀況都這樣了，大爸那邊應該不容易結案。

「我們都講過了，可是警察說什麼現場沒有他殺跡象，所以是自殺，根本不管我們怎麼說。」一開始的那個女孩忿忿不平地說著：「永皓眞的不可能自殺，他說過他會把家裡欠的錢都還清，然後帶家人去環遊世界。」

「沒錯！大家都知道這件事情，所以他不可能自殺。」那個大男孩抓住虞因的肩膀這樣說著：「既然警察不理會，我們也會用我們的方法，幫永皓做最後一件可以幫他的事情。」

原來這就是他剛剛感覺到不對勁的氣氛。

「你要不要加入？」原本坐在他身邊的女生這樣問道。

看著眼前一堆盯著他的人，虞因下意識吞了吞口水，「你們想要幹什麼？」他覺得自己最近的運氣眞的很不好，連這種事情都有他的份。

那個男孩遞過來一張紙條，上面抄著一組手機號碼，「你回去想清楚，如果要加入就打電話給我，我會告訴你，我們要做什麼。」

接過那張紙條，虞因收入口袋中，「那好吧，我會考慮的。」他覺得現在的情況有點不妙，好像一說錯什麼，就很難從這群人中走出去。

看了手錶一下，大爸進去也有點久了，虞因笑笑地往旁邊移動，「不好意思，那我先進去跟他媽媽打一聲招呼，下次見。」

說完，趕緊從人群中逃逸。

這些人到底是怎麼回事啊？

□

陳家的房子比他所以爲的更小一點。

走進房屋之後，虞因看見的是窄小的主屋客廳，小得只能塞一點點東西，其他大多都堆得高高的，沒有完全收拾好。

他左右看了一下，剛剛領路的那個小女孩也不見了，他想應該是在後面的房間裡。

因爲不想再出去和外面的人打交道，於是他便自行順著路往後面的房間走進去。後面的部分僅用簡便廉價的那種隔板作隔間，連木頭色都稍稍從半殘破的裝飾紙下裸露出來，而另外一邊，則用了一塊大布作門，連木板都省了，從布幕後頭傳來了說話的聲音。

偷偷走過去瞥了布簾後面一眼，映入他眼中的，是狹小到可以跟他家浴室相比的房間，只有一張床的空位，和一條需要側身才能進去的小走道。走道盡頭塞滿了衣服、床單，所有物品都舊舊的，一看就知道用很久了。

虞佟就站在床邊的那條小走道中，腳邊到處都是散亂的雜物，讓他看起來格格不入。

而床上坐著一名看起來很蒼老的婦人，也有可能是因爲受到兒子猝死的打擊，讓她看起來全無生命力，剛剛那個小女孩就坐在婦人旁邊，扶著她的手臂。

房間裡昏昏暗暗的，上頭懸掛著沒有打開的燈泡，連日光燈也沒看到。

虞因已經很久沒看過這種房子，他依稀記得小時候好像在某個地方看過，但是後來政府整頓市容時，已經處理掉很多了，現在大樓跟平房林立，應該也很少人能想像到這種狀況。

「我絕對不會妥協的。」坐在床上的婦人，相當不友善地衝著虞佟這樣喊著：「我兒子不會自殺……我兒子絕對不會自殺！你們一定是看錯了，我兒子不可能會自殺！」說著，又嗚嗚地發出哭泣聲。

「我哥哥才不會自殺！」小女孩在旁邊幫腔著，然後緊緊抱著婦人的手，「我們約好要去環遊世界了，哥哥說，把債都還清之後，我們就可以去環遊世界！」

看著眼前的母女，虞佟有點傷腦筋地微微彎下腰，試圖想要解釋：「我很明白妳們的心情，畢竟遇到這種事情，大家都不會好過，若是我的兒子今天也不明不白地死在外面，我肯定也不會相信他是自殺死的。」因爲他兒子韌性實在太強了，強過頭。「可是根據我們現場勘驗的人員報告，在現場並沒有發現特別的疑點……」

「你去看看吧！」那個老婦人突然一把抓住虞佟的手，「拜託你們再去看看好不好，我求求你了，你這麼年輕，跟我兒子差不多大，我拜託你看在這個份上，再去看看吧！我兒子眞的不會自殺啊！」

被她的突來舉動嚇到，下意識想後退的虞佟，撞上背後的牆板，只聽見咚的聲響，沒路可退地給拽了個正著。因爲情緒相當激動，婦人的手異常用力地掐住他的手腕，他也不敢用力地甩開，怕傷到人，就只好溫和地笑了笑：「您冷靜一點，我們現場人員的確已經仔細勘查過了，眞的沒有什麼不正常的地方。」而且我比妳兒子大很多啊，搞不好我還只少妳幾歲而已。

「我拜託你去看看吧，他還那麼年輕，我求求你去看看吧，拜託你，他眞的不會自殺啊！」緊緊抓著對方的手，像是要溺死的人不肯放開浮木一樣，婦人又是哭又是喊地拚命說著：「再去看看吧，我拜託你了。」

有點困窘地看著眼前的婦人，虞佟嘆了口氣，看來今天應該是沒有辦法順利讓家屬理解案情。他將公文夾收回側背包裡，然後微微蹲下身，安撫對方。

「好吧，我會再幫您留意看看這件事情……但畢竟人死不能復生，請您也別這樣難過了，相信永皓同學也不樂意見到您這麼傷身的。」他拍拍婦人的手，然後塞了一些鈔票給對方：「這是一點意思，辦喪事得花費不少，希望可以幫上忙。」

婦人低著頭不斷哭泣，然後旁邊的女孩也哭喪著臉，攙扶起她。

體認到難以在今天完成手續，虞佟又講了些話之後，才退出房間。

一走出來，立即就看見虞因站在外頭，像是把他們剛剛的話都聽在耳裡了。「看來得之後再來一趟。」無奈地聳聳肩，他也不是不體諒喪家，但公事仍得進行。

點點頭，虞因也很能明白他的難處。

兩個人相對看了一眼之後，虞佟無奈地嘆了口氣。

「對了，這是誰的房間。」純粹爲了轉移注意，虞因指著旁邊有門的那個房間，隨口問道。

「那是我哥哥的房間。」

回答的不是虞佟，而是尖細得多的嗓音。剛剛在房中的女孩跟著走了出來，站在後面這樣告訴他們：「我媽媽說，哥哥念大學很辛苦，所以我跟媽媽擠一張床，讓哥哥有自己的房間可以讀書。」說著，她走過去打開那扇木板門，一邊繼續說：「哥哥說，以後要買很大的房子，要給我一個比這個還要大的、一個人的房間。」

這個房間和剛剛那間差不了多少，也是個很狹窄的空間，放了張雙層床，上面是床，下面是書桌和椅子。

採光也沒有比較好，關著的窗隔絕了大部分的陽光，整個房間看起來有點陰暗。

除去這些因素不說，房間本身收拾得很好，書本整整齊齊地排放或堆在桌上，旁邊有著應該是全家福的照片，四個人；上鋪則是摺好的床被，旁邊一點有小櫃子收納簡單的衣物。

床邊同樣有條小走道，乾乾淨淨的什麼也沒有。

「我去給媽媽倒茶。」看了兩人一眼之後，女孩走出房間，將他們留在裡面。

同樣環視了整個房間，虞佟在書桌上看了一會兒，「這個人倒是很有規矩。」可以從生活空間看出他的作息，整理得乾淨不苟。

可是他不敢就這樣下定論說不是自殺，很多人在自殺之前也會將房間都收拾好。

「他人緣很好咧，好到有點奇怪，外面那些都是他幫忙過的人。」虞因把剛剛的事情大致上描述了一下，並刻意省略掉電話的事情。

微微皺起眉，虞佟思考了半晌：「這些孩子不會想做什麼傻事吧……」

「應該還好吧，畢竟看起來每個都是大學生了。」雖有點不太肯定，虞因還是笑笑地說著。

「希望這樣就好了。我要回局裡交差，你應該也要回家準備上課了吧。」不想再繼續這個話題，虞佟往房間外面走去，「我先載你回家，不要跟那些人瞎起鬨了，知不知道。」

「好啦。」

最後走出房間的虞因，順手帶上了門。

就在房門即將關上的那瞬間，有個冰冷的東西猛然從裡面竄出來，一把抓住虞因的手腕。

像是被什麼碰到一樣，虞因嚇了一大跳，想把手抽回來，可是那東西死死拽著他，完全不肯放鬆。

他轉過頭去，只看見已經剩下一點細縫的房門口，出現了一隻眼睛盯著他。

從那裡伸出的手又白又冷，上面還佈滿著已經乾涸的暗紅色血塊。

虞因整個人的背脊都被寒意侵襲。

「阿因，怎麼了？」已經走到客廳的人傳來聲音。

就在那一瞬間，手跟眼睛都不見了，就好像剛剛那片刻只是虞因看錯了什麼。

他立即抽回手，也沒管到底有沒有關上門，立刻就跑到了客廳，「沒、沒事。」

「你臉色有點怪，沒問題嗎？」注意到他神色不對，虞佟有點擔心。

「沒問題，放心好了。」甩甩頭，虞因決定把剛剛的事情當作幻覺，不去多想，因爲越想越不安的人可是他。

又看了他一眼，虞佟也沒繼續追問，「那好吧，我們先走吧。」

向女孩打過招呼之後，兩個人才離開了房子。

上車前，虞因望了那個小房子一眼。

不曉得這次是不是心理作用，他只看見那個房子裡連一點光也沒有，整個空間充滿了無垠的黑暗。

深得要將人吞噬的那種黑暗。

那是件令人難以釋懷的事情。

紙條上的手機號碼讓他介意萬分。

和虞佟在家門前道別之後，虞因看了一下時間，下午的課大概還要兩個多小時才開始，中間他還有充裕的時間去吃個午飯小睡一下。

整個家裡空蕩蕩的，聿滾去泡圖書館，二爸看來也去上班了。

在聿來加入之前，他們家就是這樣，虞因反而突然覺得有種懷念的感覺。

收拾好下午上課要用的課本，他去廚房翻了料理包，丟進微波爐去準備午餐。

他很在意那個手機號碼，因爲死者生前最後一晚的快樂，和後來自殺的行動落差太大，所以別說是家人朋友，就連他這個不相干的路人都覺得怪怪的。

要不要打電話給那些人？

隱隱約約地，虞因總覺得他們在策動的不是什麼好事。

該不該去看看？

「嘖，幹嘛連我都變得這麼多管閒事。」無聊地自嘲了一下，虞因很快就打消與他們聯絡的念頭。

他也不是喜歡虐待自己的人，這種早知道一聯絡就一定出事的事情，絕對會吃力不討好，還是不要管太多。

微波爐在設定時間之後發出了叮的聲音，虞因走過去開了門，將裡頭加熱的午餐倒在餐盤上，然後走出廚房，到客廳打開電視。

電視上還在播報械鬥的新聞。

對了，械鬥跟跳樓好像是發生在同一區嘛，可能是因爲自殺的人太多了，跳樓事件就完全沒有出現在電視新聞上，大抵就是現身報紙上一角吧，說不定連注意的人都沒有幾個，看過之後馬上就忘了。

在新聞連續跳了幾則之後，被他拋在一邊的手機猛然響了起來。虞因很快瞄了一下上面的電話號碼，完全不熟，壓根沒有看過的號碼，不知道又是哪個詐騙集團打來的。

「抱歉啦，我正在吃午餐，等我吃完再說。」攪拌著盤裡的麵，他完全沒有去接手機的打算。

手機響了半晌之後，就自己停了，過了幾秒，出現簡訊傳入的聲響。

現在打不通就改簡訊了，是嗎？

咬著筷子，虞因拿過手機翻開蓋子，按了幾下，調出那則簡訊。

奇怪的是，傳來的簡訊上面居然沒有署名，也沒有傳訊者的電話，只有簡短俐落的幾個字眼——

「幫我找我的東西。」

「誰傳這種莫名其妙的簡訊啊。」微微皺起眉，虞因闔上蓋子，把手機拋到旁邊去，接著繼續吃他的麵條配新聞。

不過，那則簡訊是誰傳的？

爲什麼自己對那個電話號碼毫無印象？

沒將這件事情放在心上，他聳聳肩，又將注意力轉回電視上。

大約過了不到一分鐘，一通簡訊又傳入他的手機裡，又是同樣的那句話……

同樣沒有來電者的電話號碼。

五分鐘之後，又陸續傳來第三封、第四封一模一樣的訊息內容。

一開始以為是有人惡作劇，虞因打定主意完全不想搭理他，等到對方玩膩之後就會停止了，反正錢也不是他出；但是在簡訊連續來了十次之後，他也無法再把這個當成惡作劇了。

丟下筷子，虞因瀏覽過完全一樣的十封簡訊，有種不知該怎樣解釋的感覺，說是疑惑，但又感到無比地怪異。

他從來沒見過沒有任何來電資料的簡訊，不知道這樣有沒有辦法回撥。

抱著姑且嘗試看看的心態，他用內建功能試著向對方回撥了電話，而奇異的是，電話居然也撥通了，出現在上面的號碼，就是剛剛第一次來電時的那個手機號碼。

話筒傳來很規律的撥號聲響，響了很久，但是完全沒有人接聽，就這樣連「現在不通」之類的系統錄音都沒有，就自行中斷。

一頭霧水地看著被截斷的電話，虞因不死心又回撥一次，手機仍是傳來撥號響聲，他順手從旁邊抽過紙張，把那個手機號碼抄起來。

這次仍然沒有人接聽。

「搞啥鬼，自己找人又不接電話。」瞪著二度中斷的訊號，虞因看著紙條，這次直接按號碼撥號給對方。

詭異的是，這次連撥號聲都沒出現，手機那頭居然傳來「這個號碼目前無法接通」的訊息。

虞因開始覺得不對勁了，他不知道這支號碼到底是誰的，不過也有可能是主人正好有事情關機吧……

吞了吞口水，他打開簡訊，然後重新回撥。

而這次，撥號聲居然又出現了。

虞因整個人都愣住了，他不曉得這代表什麼意思，但是以本能反應和整個背後都發寒來看，他直覺判斷最好立即掛掉電話。

在這個念頭一動同時，手機那頭發出了聲響，居然接通了。

對方久久都沒有發出聲音。

看著接通且已經在計秒的手機，虞因不曉得應該怎麼發出聲音。

手機的那頭是沉默的，有著像是空洞風聲的聲音，然後過了大概好幾分鐘，才聽見那頭有一點點的聲響，是個男人的聲音：「請、請問你是誰？」對方的聲音有點顫抖，好像在懼怕著什麼。

「你是哪位……為什麼一直撥電話給我？」一聽見是人的聲音，虞因稍微放心了一下，緊接著就是詢問對方。

「你、你為什麼會撥通這支電話？」對方聲音還是有點抖，沒有回答卻反問他。

「等等，是你先打來的吧！」莫名其妙耶，明明自己打了一堆簡訊過來，還敢問他！這個年頭惡作劇的人都是神經病！

等等，為什麼他覺得這個人的聲音很耳熟？好像曾經在哪邊聽過一樣？

「我、我沒有打這支電話啊。」那個人也感到疑惑。

「我收到好幾通你打來的簡訊，回撥就是撥到你手機，不是你打的是誰打的。」

「我才想問！這支手機剛剛突然自己響了好幾次……你、你到底是怎麼撥進來的！」對方整個就是很緊張，聲音又開始抖了。

對了，這個聲音他聽過。

虞因馬上聯想到兩位老爸單位上的某個人，「……請問一下，你那邊是哪裡？」

「我這邊是鑑識組。」這次，對方回答得很肯定。

「……見鬼了。」

□

「有鬼！有鬼！」

就在虞佟進辦公室開始整理資料之後，約是中午時間，大部分同事都還在餐廳裡用餐，四周一片寂靜，走廊突然傳來一堆人跑出來的聲音，鬧烘烘得好像在逃難似地。

「怎麼了？」拉開旁邊的玻璃窗，他探了一半的身體出去看，跑出來的都是上早班的鑑識人員，他直接拉住一個正要往後逃的人問著：「裡面發生什麼事情？」

那個同事驚魂未定地瞪著他，眼睛睜得大大的，「那個、前兩天自殺那個案子的手機，那支手機……」

「手機怎麼了？」難得看到同僚那麼慌張，虞佟翻出玻璃窗問著。

鑑識工作室的人全都跑出來了，隱約可以看見只剩一個人留在裡面，一邊發抖，一邊拿著一支放在袋子裡的手機。

「在響！」

「在響？」疑惑地皺起眉，虞佟看了裡面一眼，「自殺者的那支手機不是整個被撞散了，連電池都飛了，你們是工作太累，幻聽了嗎？」

「眞的在響！響好幾次了！」那個被抓住的人驚恐地說著：「它響第一次時，我們都以爲聽錯了，可是它響了好幾次！」

看他的樣子不像是在說謊，虞佟鬆了手，正想走進工作室時，卻被那名同僚拉住：「會被手機殺掉！玖深接了電話！」

「手機不會殺人啦，我去看一下狀況。」拍拍同僚的手，虞佟正想往內走，裡面那個接手機的人像是看見鬼一樣，把手機整個往桌上砸下去，然後落荒逃出，那個樣子活像是有什麼鬼怪在後面追著他一樣。「玖深，手機怎樣？」

一把抓住要逃出去的同事，虞佟立即詢問道。

因爲工作室的騷動，已經好幾個不同工作組的人開始圍觀。

「它、它問我是哪個單位的！」嚇得半死的人這樣告訴他，然後馬上掙脫逃得更遠。

看著一堆被嚇到的同僚，虞佟在眾人目光下走進了工作室，裡面很多正在檢驗的東西被拋在桌上，可見當時到底被嚇成怎樣。

那支手機被拋在桌上，因爲是才剛裝袋的，所以還沒上封條。

虞佟拿起手機，上頭畫面整個是黑的，更別說還有什麼訊號撥通進來。

「佟，快點出來啦！」那名叫做玖深的人員站得遠遠地朝他喊。

「等等，我想應該沒有問題。」左看右看也不覺得手機會響，虞佟將袋子放回桌上，就在這同時，他口袋裡的手機反而響了起來。

看了一下，螢幕上面的號碼並不熟悉，不是局裡的人，更不是他家人。

「喂？我是虞佟，請問哪位？」沒有任何猶豫，他很快接起電話，陌生號碼有時候也可能是一些線索或提供情報的人打來，所以不能漏接。

對方沒有出聲，只是那端可以聽見有點空洞的風聲。

等了良久之後都沒聽見其他聲音，虞佟皺著眉把電話掛掉，想著不曉得是不是訊號不良的關係。

大概過沒有幾秒鐘，換成一通簡訊傳入他的手機。

按開手機，虞佟在上面只看見了一句簡短的話：「幫我找我的東西。」

而奇怪的是，來訊資料上居然完全沒有號碼，壓根不曉得是誰傳過來的。「嗯……傳訊出了問題嗎？」

就在他想回撥對方時，工作室外面再度傳來鬧烘烘的聲響：「你們全都站在外面幹嘛！工作室有老鼠還是有生化病毒啊，我剛剛送過來的東西結果出來了沒有？」

從外面風風火火殺過來的，是另外一張跟虞佟一模一樣的臉，一出現就讓原本騷動的工作人員都冷靜下來，「佟，你在裡面幹什麼？」因爲是玻璃門不能用踢的，虞夏難得地用手推開。

「沒事，剛剛好像發生了小問題，我來觀摩一下。」微笑著這樣告訴雙生兄弟，虞佟收起手上的機子，「你要拿什麼東西？」

「喔，我早上送過來比對……械鬥那件案子的，想說應該也差不多有結果了，就繞來看看。」一向都很忙的虞夏匆匆地說著。

「玖深，你進來找吧。」對工作室人員招著手，虞佟依舊微笑著：「這裡面什麼都沒有了，你們都放心進來吧。」

幾個人員你看我我看你，猶豫了好一下，才硬著頭皮陸續走進來。

整個工作室的氣氛還是有點尷尬，不過在虞夏衝進來之後，明顯就好了許多。負責檢驗械鬥案物品的玖深，在自己的電腦上很快調出檔案，配著一本資料夾送過來，「在這邊，都弄好了。」說著，一邊害怕地看著還在桌上的手機，一邊把東西遞給虞夏。

「謝啦！」抽過資料夾，虞夏提腳又要往外跑。

「夏，等等。」追著他走出工作室，虞佟推了一下差點掉下來的眼鏡：「陳永皓同學自殺的那個案件家屬不肯結案，你可不可以幫我跟負責的組溝通一下，讓我處理這個案子？」對於那個婦人，他始終耿耿於懷。

虞夏奇怪地看了他一眼，「佟，你是行政組，這不是你負責的範圍。」不曉得爲什麼虞佟會突然提出這種要求，他擺明了不怎麼贊同。

「這個我知道，可是家屬給我的感覺怪怪的，我想負責處理這件事情的後續，當然我也會跟上面申請。」很明白這樣做不太妥當，但是虞佟想了一早之後，還是決定提出：「想麻煩你跟負責的組講一下，不然貿然提出申請也不太好。」

沉默了半晌，虞夏才點了頭，「好啊，那邊我會去跟他們打過招呼，如果你想換接就去吧，反正就是個自殺案而已，應該會給你通融吧。」當然如果是重大案件，就絕不可能讓他們做這種事情了。

「謝了。」虞佟彎起笑容。

「不會，那我繼續去忙了。」匆忙拿著文件走人，虞夏一下子就消失在走道轉角。

望著差不多又開始清空的走道，虞佟呼了口氣。

他好像也有很長一段時間沒有這樣爭取案子，自從轉入行政組開始吧……

鬆懈下來之後，他的手機又開始響了，而這次映在上面的是個最眼熟不過的號碼。想也不想的，虞佟直接就接起了電話——

「阿因，你有事嗎？」

□

自接了那通怪電話後，虞因就放棄了下午的課程。

「喂？小鍾嗎，我是虞因，下午我有事情不能去上課，你隨便找個人幫我代點一下名。」站在大樓底下，跟班上私交比較好的朋友通著電話，虞因看了一下手錶，再過一會兒，差不多下午的課就要開始：「我下次再請你們喝飲料啦，拜託一下，我有重要的事情要處理，就這樣，掰。」

掛斷電話後，他看著大樓底下的員警出出入入，有部分是熟人，還打了招呼。

事實上，他也可以直接進去，可是今天門口的警衛不知道爲什麼換人了，堅持一定要認識的員警過來，才放他上去。不想勞煩其他人，虞因只好先撥了電話上去，請現在應該在辦公中的虞佟下來，把自己認領上去。

不用幾分鐘的時間，他很快就看到那張可恨的娃娃臉，一邊和人打招呼，一邊急急地跑出來。

明明就是自家的老子，爲什麼每次出去都要被認爲是兄弟，而且自己還是被叫哥的那一個？

「阿因，你下午不是有課嗎？」那個三十八歲長得像十八歲的萬惡娃娃臉，一開口就是這個疑問：「你又亂蹺課！跟你說過幾次不要亂蹺課，都不聽嗎？」虞佟皺著眉，教訓著自家兒子。

「跟你站在一起時，你比較像蹺課的。」虞因完全沒有敬老尊賢的意思，直接回了這麼一句話。

他猜，等自己三十歲之後，會不會有人指著他叫老子，然後他爸叫兒子。

虞佟伸出手，直接揪住親生兒子的臉頰往外拉，「你大老遠蹺課來這邊，是爲了說廢話嗎？」

「痛痛痛痛痛……不要學二爸用暴力……」用力拉開他的手，虞因往後退了好幾步，「我有正經事情啦！」揉著發痛的臉頰，他又退了兩步。

「什麼正經事？」虞佟瞇起眼盯著他，語氣相當懷疑。

「你們組裡剛剛有人亂打電話過來騷擾我。」

「不會有人那麼無聊，你認錯了。」不用半秒就否認他的話，虞佟在旁邊的飲料機投了兩瓶果汁出來。

「沒有認錯，我問了對方是哪裡，他居然回答我是鑑識組……而且那個聲音聽起來好像是玖深哥。」常常出入警局的虞因，自然記得一些人的聲音，尤其是那個很熟的工作人員，「可是，我覺得玖深哥不像那種會狂打簡訊的人……而且我有玖深哥的電話，他幹嘛用別的手機打。」

「簡訊？」虞佟注意到一個奇怪的地方，「玖深打給你怎樣的簡訊？」

拿出手機打開簡訊頁面，虞因將東西遞給虞佟。

看見上面顯示的字之後，虞佟愣了一下，「我想……這應該不是玖深打的。」拿出自己的手機打開簡訊遞給對方，他這樣說著：「我收到一樣簡訊時，玖深什麼東西也沒拿，逃到工作室外面，他應該不可能發這種東西給我們。」除非他學會了用空氣中的電子組織簡訊，用念力發出。

瞥見虞佟手機上面顯示的字眼，虞因只感覺到整個背脊都發寒了。

「對了，聽說他們會逃出去，是因爲工作室碰到靈異事件，所有人都逃走了。」想起來會進入工作室的原因，虞佟將兩支手機換回來，「那支手機因爲自殺案件，從高樓墜下受到撞擊，整個差不多都散了，連電池都摔壞，可是工作室裡的人全都聽見手機在響，玖深好像還接通了手機。」

「接通？」一想到剛剛跟自己對話的人，虞因也愣了愣，「等等，他是不是跟電話說自己是鑑識組的！」

「好像是這樣沒錯。」

然後，父子倆同時安靜下來。

「大爸……我剛剛照著簡訊回撥……該不會就是撥到那支手機吧……」雖然很想聽見否定的答案，但是虞因已經確定電話撥到哪邊了，他搓著手上冒起的雞皮疙瘩，很沒自信地詢問。

「嗯，我想應該是接過去了。」可是虞佟怎樣想都不覺得電話會接到壞掉的手機上。

「我可以去看一下那支手機嗎？」好毛，虞因只覺得整個都毛了起來。他錯了，他不應該手賤去回撥那通電話。

「走吧。」也在想著同一件事情的虞佟，領著他通過警衛那關，按了電梯就往上面的工作室去。

看著電梯裡正在上升的樓層，虞因先行開口：「大爸，你說的自殺案件該不會就是早上的那件吧？」

「就是那件沒錯，陳永皓同學的，還沒結案。」點點頭，虞佟在電梯開門後，先走出去，「手機就是他的，因爲已經要結案了，正打算送還給家屬。」

一前一後走過走道，虞佟兩人很快就來到工作室外頭。

剛剛的靈異風波好像暫時停止了，所有人又回去繼續工作，只是本來應該算是證物的手機，不知道被誰拿到最遠的地方，還用不知道哪找出來的經書壓著，可見手機對大家造成的影響有多少。

「玖深，麻煩出來一下。」對著還頻頻看往手機方向的同事招了招手，虞佟這樣說著。

原本正在檢查材質的玖深回過頭，放下手邊的東西很快走過來，「阿因，你今天不用上課嗎？」

「不用啊，蹺掉了。」笑笑地這樣回答，虞因自行忽略自家老爸譴責的眼神。

「玖深，你可不可以跟阿因說一下，剛剛那個手機的事情？」離開了工作室，三個人往可以暫時休息的小廳走去。

玖深身體抖了很大一下，「那個很恐怖耶……」

「接通時，是不是有人問你爲什麼一直打簡訊？」懶得扯太多，虞因直接詢問重點：「最後還問你是哪邊？」

「咦？你怎麼知道！」往後倒退一步，玖深錯愕地看著他，「該不會你也接到了吧……不對，你又沒辦法碰那支手機，怎麼可能接到……等等，阿因，你的聲音怎麼跟剛剛手機裡面的聲音那麼像？」

剛剛太害怕沒注意到，現在冷靜下來一思考，才想到這點。

「那是你的錯覺。」看了自家老爸一眼，虞因選擇矇騙過去，事情已經有夠奇怪了，他不想更加複雜。

懷疑地看著那兩父子，玖深總覺得好像有哪邊不對，「你們是不是知道些什麼？」他們兩個的態度太奇怪了，先不說虞佟，阿因會特地跑來這邊就很有問題了。

「嗯……目前什麼也不知道。」露出一貫的微笑，虞佟回答著：「因爲自殺這件案子家屬不想結案，我晚一點會遞報告上去，表達想接這個案子，玖深，你可不可以稍微幫我把資料整理好，讓我看過？」

訝異地看著自家大爸，虞因記得他已經很久不接手案件了。

同樣深感錯愕的玖深看了他一下，「呃，好啊，你拿到許可之後，再跟我拿資料就行了。」其實平常過來看也是可以啦，不過終究還是要辦一下手續會比較好。

「那就拜託你了喔。」虞佟衝著對方露出大大笑容。

「喔、喔好，我現在回去整理。」有點看傻眼，玖深連忙站起身，跑回工作室。

在旁邊冷眼看著明明已經是中年人還裝天眞的老爸，虞因翻翻白眼，「你這是拐騙。」專門欺騙善良的同僚。

「別人不覺得就好了。」站起身，虞佟笑笑地說著：「你在這邊等一下，我去拿許可跟交接。」他已經拜託夏，應該都打過招呼了。

「好。」

□

整個小廳只剩下他一個人。

看著玻璃門外來來去去忙碌的人，虞因突然覺得蹺課的自己還眞是難得地悠閒。

隨手翻了放在架子上的書之後，他開始有點發慌起來。

接著他想到了那些人給他的手機號碼，簡訊已經讓他跟自殺案件牽扯在一起了……這是不是代表他也應該撥電話去了解那些人要做什麼？

「眞希望他們不要隨便做傻事啊……」

拿出寫著手機號碼的紙條，虞因撥通上午那個人給的電話。

手機的那端不用幾秒就接通了：「請問你哪邊？」

還好，對方至少還算禮貌，虞因將紙條收起來，一邊這樣想著：「我是早上去上過香的人，你有給我手機，還記得嗎？」

「喔，你已經決定要加入了嗎？」對方的語氣稍微有變。

「嗯，你可以詳細告訴我，你們要做的事情是怎樣的嗎？」看著玻璃門外的人來來去去，虞因特別留意有沒有人會進來。

「明天晚上十二點時你過來這邊，我們會告訴你我們要做什麼。」顯然對方也很小心，沒有多透露什麼，「我的名字是楚晉禾，你呢？」

「虞因，那就明天晚上見。」

「可以，再見。」

通話不到五分鐘，對方掛上了手機。

看著斷線的手機，然後虞因也收線，就在移開視線的同時，他愣住了。

小廳的玻璃門外面有個人蹲在那邊盯著他看，那個人的臉幾乎整個貼在玻璃門上，眼睛什麼的都擠上去了，整張臉蒼白得可以看見皮下組織和一條一條的血管青筋，透明得有點可怕。

下意識地，他馬上從椅子上站起來，往後倒退了一步。

那個人還是在外面看著他。

貼在玻璃門上的眼球充滿了血絲，一條條分明得幾乎可以數出來。

他覺得自己看過這個人。

用力轉開頭，再度把視線移回來之後，虞因已經看不見玻璃門後面有那個東西了，取而代之的是正要推開門進來的虞佟，「阿因，你站在後面幹什麼？」他兒子已經整個人退到小廳的最角落，還貼著牆面。

「呃，你當我在做伸展運動好了。」虞因稍微鬆了口氣，然後才走過桌邊。

「你在局裡看到什麼不乾淨的東西嗎？」微微挑起眉，虞佟問得相當一針見血。

「還好啦……」也不是不乾淨到哪邊去，最不乾淨的，還是上次遇到山貓的那個事件。

奇怪地看了他一眼，虞佟才從抱著的資料夾裡面，抽出一個東西放在桌面上，「你看看這個，陳永皓自殺案的手機。」他剛剛繞回去工作室拿出來，所有人都還用某種敬畏的表情看著他，好像拿手機就會被詛咒纏身一樣。

看著桌上的手機，虞因終於知道爲什麼玖深會嚇成那樣了。

如果說有支手機整個摔爛了，沒電池、連螢幕都裂開、按鍵也摔掉了好幾個，那能夠打得通就眞的有鬼了。

更何況打通的……好像還是他。

「然後，這個是這支手機的號碼。」打開資料報告，虞佟指著上面的一行手機號碼。

看見那個號碼同時，虞因也愣住了。

那組號碼在簡訊之前曾經出現在他的螢幕上。

虞佟跟著拿出自己的手機，調出來電紀錄，同時顯示了接通卻沒有人出聲的那組號碼，跟上面一字不差。

「你覺得看起來像惡作劇嗎？」

他們兩個久久沒有發表自己的看法。

午後，行政工作開始越來越忙碌，走道上不少人跑來跑去，偶爾還會聽見催件的聲音。但是隔了門的辦公室內部就成了另外一個世界，那些忙碌傳達不到裡面。

緩慢地將手機收妥，虞佟聳聳肩，然後笑著說道：「我自己覺得不太像惡作劇，不過來電號碼也是可以竄改，現在很多詐騙集團都會用……這點就先不說了。現在我要去陳同學跳樓的現場，你也要跟去嗎？」

「啊，我要去。」反正今天下午都已經蹺課了，不去看也不知道要幹什麼。

一邊翻著資料，虞佟領著人快步地離開小廳走向電梯：「照上面來看，陳同學跳樓的地點是一家借貸公司，調過監視錄影器來看，那天他的確有進入大樓，在招待室待了差不多十幾分鐘左右之後，就離開走進電梯，接著沒多久就傳出跳樓意外。」

「招待室的人沒有覺得很奇怪嗎？」看著電梯往地下降去，虞因疑惑地問著：「我的意思是，通常要自殺的人不是多少有些怪怪的地方，既然他是選在借貸公司跳樓，應該進去的時候會給人不同的感覺吧？」

「喔，這點上面有寫。」翻到第二頁，虞佟快速地看了一下，指尖按著他需要的地方：「據櫃檯小姐說的，陳同學進入時相當愉快，完全無法跟即將要自殺的人做聯想，而且還買了飲料來請他們喝。」在現場的員警提出很多自殺者常見的徵兆，不過都一一被反駁，一點跡象都看不出來。

「飲料？」

自殺的人會心情這麼好，買飲料請客？

是爲了感謝借地方給他跳樓是吧，眞有禮貌。

電梯發出了鈴響而開門，外面空間整個是偏暗的，能聽見隆隆的停車場機房聲，往外走一小段路之後，就看見整片大型的地下停車場。

「對喔，而且是請整個組喝，是珍珠奶茶，大概一、二十杯跑不掉，是在附近某家比較偏貴的飲料店買的，不是那種一杯十元的紅茶類。」看著手上的詳細資料，虞佟將東西收回側背包，然後才拿出車鑰匙，在離出口最近的一帶停下來，「報告上面寫著飲料單價一杯是四十元。」

虞因沉默了，這個舉動的確有點怪，但感覺上還比較像是……

「這好像是中獎在請客的感覺。」對了，就類似這種樣子，虞因猛然回想起那個人自殺前一晚的舉動：「我記得我碰到他的時候，他好像買彩券中獎！」

「中獎？」停下打開車門的動作，虞佟視線整個轉過來，「等等，你說他有彩券中獎？你知道他中多少嗎？」

「欸？這個我就不知道了，不過我想大概是中幾千，不然就是一、兩萬那種金額吧。」

一般學生中到這種金額，的確就足夠高興上好幾天了。

微微皺起眉，虞佟看了站在車對面的兒子：「……這樣來說，他沒有理由要自殺。正常來說，如果前一天意外中獎或者有什麼高興的事情，還能夠買飲料請人的話，應該不可能會在轉眼就自殺。」

問題是，那筆金額有多少？

「大爸，你們在命案現場，沒有看到他中獎的彩券，還是他有帶比較多錢嗎？」才短短一天不到時間，虞因猜想著他可能有的行爲：「還是他戶頭有寄存？」

「不，都沒有，死者身上沒有彩券，只有皮包跟手機，皮包裡面僅有一張五百元鈔票跟幾個銅板，都是買飲料時候找回來的，另外身上並沒有兌換或者寄存的單子。」越想越覺得奇怪，虞佟打開車門讓兩個人坐進去，「負責的員警曾稍微調查過他的銀行紀錄，也沒有發現什麼特別的款項，所以才判定應該是貸款太重，才會有尋死的念頭。」

可是要是他前一晚中獎了，第二日又處於能請人茶飲的放鬆狀態，那就根本沒有巨大壓力啊……

除非是在請完客之後，發生了什麼足以讓他立即有尋死念頭的事情。

按照過去來看，不外乎就是意外之財突然消失，像是被搶劫，還是其實他看錯了根本沒中獎，心境變化太大，才會瞬間產生了死亡陰影。

但是，他是在進了借貸公司之後才突然自殺，這樣搶劫根本不成立。

虞佟有種好像被弄混亂的感覺。

隱隱約約地，他只明白了這個案件應該眞的有問題。

如果虞因所說的中獎事情是正確的，那麼這個人應該不存在自殺的壓力才對，加上死者親友的評語……

「大爸！」

就在虞佟兀自想得出神時，旁邊的虞因猛然拍了一下他的肩膀，讓他整個人都回過神來，「你不是還要去借貸公司嗎？」

「喔，對。」看了一下時間，再過不久會是下班時刻，虞佟決定不再浪費時間，先去現場再說。

車的引擎立即發動，微微的震動不停從下方傳來。虞因拉了安全帶綁在身上，然後搖下車窗看著外頭。

不曉得是不是錯覺，就在車子即將出彎道之前，他看見一個人影就站在方才停車的地方看著他們，然後車子往上移動，就這樣消失在光影交錯之後。

「奇怪……」看錯了嗎？

虞因揉揉眼，後照鏡裡什麼也沒有。

「怎麼了？」正在轉動方向盤的虞佟注意到他的動作，疑惑地分神詢問。

「沒事，大概是看錯了。」轉回頭，虞因直覺應該是眼誤了，「對了，那家借貸公司是在西區，叫什麼名字？」

「嗯……沒有記錯的話，好像是叫仲能協助公司，成立七年左右，特別以負債整合爲主要業務開發，底下有好幾個專員，都專門在協助借貸戶將借款轉到自己公司，不過因爲是私人公司，多少還是會跟銀行那邊有配合。」一邊注意著路況，虞佟把自己還記得的部分說給他聽：「陳同學家大概是在半年前將債務轉移過去，之前他們家在三家銀行都有貸款，但是最主要的是他父親在地下錢莊的借款，高達一千多萬……當然是利滾利的結果，後來仲能的專員協助他們將地下錢莊的事情都解決了，就把全部的負債轉移過來。」

「哇塞……一千多萬負債，這家公司的後台跟金庫一定很硬，還可以把地下錢莊的債務也解決。」在虞因的印象中，地下錢莊的債務一向很難處理乾淨，尤其萬一借到很黑的那一種更糟。

「一開始，陳父在地下錢莊借的金額是三百萬，後來變成一千多萬，這樣你看他們後台硬到什麼程度。」地下錢莊最麻煩的就是快速又沉重的利息，經常在整理文件的虞佟對這個有很深的體會，「我們調查過，這筆錢大概是快三年前借的，原本利息更高，但是被借貸公司壓下來了。估計那家借貸公司應該背景也不是多善良，不過倒是幫忙做了點好事。」

決定暫時先放下借貸公司後台硬不硬的問題，虞因想到另一件事：「那麼負責陳永皓他們家的專員是誰？」

從側背包裡拿出一張名片遞給兒子，虞佟才開口說道：「滕祈，半年前才從國外讀書回來，一進公司就是專員，第一個案子就是陳同學他家的借款整合，接著這半年來一共經辦了幾十件的大小個案，業績現在是排名第三。」

「名字還真奇怪。」看著名片上印著的兩個字，虞因不由得想起另外一個名字也很奇怪的人，很不巧的那個人現在就住在他家，還是他弟。

虞佟笑了笑，沒有表示意見。

反正這世界夠大，什麼古怪的名字都不稀奇。

□

下午仍在上班時間，避開會塞車的幾個路段後，虞佟只花了十幾分鐘就到達了目的地。

那算是一個小型公寓，整棟七層高，最上面是頂樓載有水塔；而兩旁有的是透天住宅，有的則開店，緊鄰著大馬路的好路段。

虞佟將車子駛入停車格，「陳同學就是從這邊七樓樓頂跳下來的。」指著公司門口對虞因說，「落在大門處，因爲落下的姿勢很不幸的是頭下腳上，所以直接摔破了頭骨，腦漿噴裂出來，救護車還沒到，就已經被判定當場死亡了。」

七樓公司門口已經被清理乾淨了，完全看不出來昨天還是命案現場，什麼也沒有留下。

「這裡整棟都是那間借貸公司嗎？」看著從七樓直接拉下來的大招牌，虞因好奇地問。

「嗯，好像一、二樓是門市跟接待解釋廳，之後往上的三、四、五樓都是專員個別接待室，六樓則是老闆辦公室。」下車之後鎖上車門，虞佟這樣告訴他，「那天陳同學前往的就是位在五樓的專員區，因爲滕祈好像暫時外出，所以接待員請陳同學在接待區等候。」

大略講了一下，兩個人一前一後走進借貸公司。

玻璃電動門感應到客人立即敞開，迎面就是一股冷得讓人差點發顫的冷氣襲來。

一看見有人進來，櫃檯小姐立即起身：「您好，需要幫您服務嗎？」

「我是虞佟，剛剛有打過電話要找滕祈、滕先生。」示出身分識別，虞佟這樣告知。

「啊，我知道，滕先生有特別交代，請直走到電梯上五樓，我們在樓上的小姐會帶您到滕先生的接待區。」商業性的微笑，櫃檯小姐禮貌地說著。

順著她所說的方向，虞因兩人果然看到底邊有往上直達的電梯，而電梯旁幾步遠地方出現了樓梯間，上面有掛著逃生梯等字樣的燈牌。

「謝謝。」

虞佟走到電梯前，往上看了一眼，發現天花板裝有監視器正對著電梯，不管是誰過去都會給拍得清清楚楚。

等待上面電梯下來時，虞因左右張望了一下，從這邊也可以很清楚看見大門外面，尤其大門處用了整片的玻璃電動門，完全沒有視覺障礙。

電梯下來之後，他們用不到幾秒鐘就直達五樓。

大約是專員出門時間，五樓的人數遠比他們想像中來得少，一出電梯，就看見好幾個隔開的房間，大部分都用玻璃或者屏風巧妙地隔開，互相都看不到對方，提供了些許隱私。

「您好，滕先生已經在等你們了。」一看見兩人走出來，原本在櫃檯的小姐立即迎過來，非常有禮貌地領著兩個人直接走到一個靠窗的隔間。

繞過玻璃之後，就看見裡面是個不大不小的空間，一個大大的辦公桌擺在旁邊，另旁還有兩個小型的沙發跟矮桌子，看起來就很像是專用的會客房間。

辦公桌上擺著一台液晶螢幕和幾本翻開的資料本，而在那之後則坐著一個人，座位後面就是大型的玻璃牆，可以直接看到大樓外的景色，是個小小的公園跟陸橋，整個空間採光相當好。

「滕先生，這是您交代的客人。」櫃檯小姐恭敬地說完之後，就繞出隔間離開了。

虞因仔細看著桌後站起來的男人，大概二十來歲，相當年輕，應該跟嚴司差不多年紀，不過這個人給他一種壓迫感，而不是嚴司那種邪氣。

不是威嚴那種壓迫，而是自然而然就會被他的氣勢給壓下的感覺。

對方算是個很有型的帥哥，冷冷的臉和修剪整齊的髮，整套精緻的黑色西裝穿襯在身上，讓他的魄力更強了些。

而讓虞因有點驚訝的是，這個人的眼睛是藍色的，像是混血兒。

「我以為來訪警官只有一位。」那個人勾起了笑，這讓他給人的壓迫感瞬間減少了很多，變得比較親和些。「請這邊坐，兩位應該都喝紅茶吧？或者是咖啡？」

「不用特別麻煩了，抱歉，在您上班時打擾。」虞佟也很客氣地回應著。

「沒關係，我在電話中已經大概聽過另外一位警員的解釋了，如果家屬不肯結案還須調查的話，我很樂意配合。」得宜的應答，男人在一旁的小沖水器沖泡兩杯即溶紅茶：「不好意思請兩位將就了，我們五樓最會泡茶的小姐今天不巧排休，只好委屈兩位喝即溶飲品。」

「謝謝你。」接過紅茶杯，虞因立即道謝，然後悄悄地打量眼前的人。

該怎麼說……他看起來很乾淨，身上完全沒有什麼奇怪的東西或是氣息。

滕祈在沙發的對座坐下，始終噙著一抹淡淡的笑容，完全沒有不耐的神情出現，「那麼，虞警官想從哪邊開始重新問起？」

拿出了資料本，虞佟翻了翻，接著停下了動作：「我想請問您那天爲什麼暫時外出？陳同學跳樓時好像並非午餐時間，而且跟你們內部確認過，那天你也沒有安排必須出門的客戶。」

「嗯……我想就跟您本子上寫的一樣，那天我剛好臨時接到老闆的電話，陪老闆的朋友出去喝下午茶了，順便經手一件工作，如果詢問老闆跟那位朋友的話，應該也都能夠證明我沒有說謊，另外案子的影本我也交給您的同事看過了，這些應該都沒什麼問題。」

的確如此，虞佟看了上面的紀錄，所有人都證明滕祈並沒有說謊。

「可以請問那天接待陳同學的人是哪位嗎？」注意到紀錄上並沒有這一項，虞佟邊問著邊補了上去。

「同樣也是五樓的專員，之前他爭取過永皓的案子，不過永皓最後決定讓我負責……啊，不好意思，這是多說的，那位同事是我們公司排名第二的業務員，叫作丁維翰，今天正好出門與客戶碰面，你們可能見不到他。」有問必答的滕祈這樣說著：「說到這個，我倒有件介意的事情。」

「什麼事情？」虞佟立即抬起頭。

「那天永皓來時，請了五樓跟門市的人喝飲料，而我不在，他也給我撥了電話，說他會等我回來，語氣興奮得好像遇上什麼好事，我想應該有什麼讓他愉快的事情，所以早早結束了午茶時間，沒想到回到這裡時，警察已經在樓下拉起封鎖線了。」

「這件事情你怎麼沒說。」虞因馬上脫口而出，然後意識到自己的衝動，「不好意思，你們請繼續。」

如果他曾告訴警察，那麼搞不好警察會更愼重地調查現場。

「因爲當場有點震驚，所以我倒沒想這麼多，剛剛才想起來有點怪異。」不以爲忤，滕祈微笑著解答：「也許對你們幫不上什麼忙，那你們要上頂樓看看嗎？」

「也好，麻煩您一下。」

說著，兩個大人馬上站起身。

見狀，虞因也跟著站起。而就在他想站起身的同時，猛然一陣暈眩，直接侵襲了他整個腦門，某種嗡嗡的聲響塞滿了他所有聽覺，眼前跟著一黑，整個人差點腳軟沒站穩。

「阿因！」旁邊猛然有人拽住他的手。

一時沒有辦法回話，虞因只能等著暈眩漸漸過去，然後才慢慢看清楚，拽著他的手的是滿臉擔心的虞佟，「你沒事吧？怎麼突然這樣？」

「是不是貧血？還是昨晚沒睡好？要不要到休息區躺一下？」馬上繞過來幫忙扶人，滕祈微微皺了眉頭問道，然後一手撫上虞因的額頭。

整個頭都在眩暈，虞因微微甩了甩頭，才覺得情況好了一點，不過還是站不太穩。他張嘴沒有辦法出聲，連續好幾次才終於吐出了點字：「應、應該沒事……」他的耳朵還是嗡嗡地在響，聽到的聲音又少又小，難以辨別。

有種空洞的風聲充斥了他的聽覺。

「我看先扶他去休息區，那邊有小床可以稍微躺一下。」滕祈很快按了桌上的對講電話：「曲小姐，麻煩幫我整理一下休息區的床和準備薄被子，有位先生不太舒服，要過去躺一下。」

「不好意思，麻煩你了。」虞佟連忙道歉。

「沒關係，先扶他過去休息吧，看他整張臉都蒼白了。」

勉強聽清楚了他們的對話，腦袋一片混亂的虞因，感覺到兩個人一左一右地架著他往外移動，距離並沒有很長，大概幾步路之後，他就被人安置在一個軟軟的地方。

「阿因，你在這邊休息一下，如果真的很不舒服，我再帶你去醫院。」接過了薄被蓋在他身上，虞佟有點憂心忡忡地講著。

「沒事……躺一下就好了……」虞因難受地閉上眼睛，整個休息室的空氣都很冷，冷到他想顫抖。

他連手指都沒有力氣，完全使不上勁。

「虞警官，讓他在這邊休息一下，我請我們的小姐幫忙照顧。那我先帶你上樓去看現場，等會兒下來還是不行的話，我再帶你們到附近的醫院。」

隱約地，他聽見了滕祈的聲音。

「嗯……好吧。」

虞佟的聲音有點猶豫，像是覺得現在移動他好像也不太好，然後聲音緩緩靠近自己的耳邊，「阿因，我先上去大致看一下，你在這邊休息，我們很快就回來了。」

微微睜開眼，虞因對他點了點頭。

有些猶豫，不過工作也很重要，虞佟還是勉強地移開腳步。

閉上眼，虞因聽到有兩個腳步聲慢慢消失在房間外。

然後，四周整個安靜了下來。

□

他幾乎全身都虛脫了。

躺在小床上，虞因閉著眼睛，他已經無力到連睜眼都會覺得很累，好像在暈眩的那瞬間，全身力氣都被誰抽乾一樣，只能躺著不得動彈。

這種感覺不太好受，讓他聯想到砧板上的一塊死豬肉。

對了，他上次當死豬肉是什麼時候？

就在虞因發現時，充滿腦袋的暈眩感不知道什麼時候已經消失了，就連聽覺都沒了那個嗡嗡聲，他整個人瞬間清醒無比，只剩下沒辦法使上力氣去移動手指這個問題。

然後他想起上次遇到這個情形時，好像是很久以前被鬼壓床……

可是現在是大白天耶！

壓他也太沒有天理了！

虞因感覺到越是想掙扎，整個身體越沒有力氣，像是破了底的水桶，全身的力氣，包括血液流動的力氣好像都給抽走。

他想罵髒話了。

就在與身體搏鬥時，虞因隱約感覺好像有人走過來，聽不見腳步聲，但就是能感覺到。

一開始他以爲是公司裡的小姐過來看狀況，但是很快他就推翻了這個想法。走近的那個人完全沒有發出任何聲響，更不可能是穿著高跟鞋的小姐。

那個人移動得很慢，然後靠近他，而他完全沒有辦法睜眼看看是誰在旁邊走動。

對方只是在小床邊來回走了兩、三圈，然後就停在他的腳邊。同時，虞因也感覺到蓋著被子的腳，傳來一股令人發麻的冷意。

這個狀況持續了很長一段時間，虞因覺得大概有十幾分鐘了，對方也突然開始有動作；不是走動，而是攀上了小床，他很明顯感覺到腳的地方下沉了一點。

……如果他是個女性，現在應該要開始懷疑對方是不是有強姦意圖了。

就在虞因爲了讓自己好過一點而胡思亂想時，那個下沉的感覺猛然消失了，不是下床離開，而是直接在空氣中蒸發的那種消失感。

不管是什麼東西，應該是走掉了吧？

稍稍鬆了口氣，虞因這才發現，力氣好像也跟著稍微恢復過來，微微動了一下眼皮，感覺四周的顏色不是剛剛那種明亮的室內光，而是某種像是關燈之後的黑暗感覺。

陰陰暗暗的，只能微微看見微弱的光芒。

已經晚上了？

閉上眼，虞因等到整個人慢慢好轉後，才跟著緩緩睜開眼睛。

接著，映入他眼中的不是天花板，而是一雙腿。

一雙穿著牛仔褲的腿。

他整個人愣住了。

在他肚子的上方，站著一個人。

那個人不是站在他肚皮上，而是隔了五公分左右的空間，「騰空」站在他身上。

有那麼一瞬間，虞因覺得整個人好像忘記怎樣呼吸，四周冷冰冰的，而他的身上則不斷冒著冷汗。

在黑暗的房間中，那個站著的人格外明亮清晰，讓他想裝作看錯都不行。

站著的人同樣低頭看他，滿臉都是血的皮膚則青白得連血管青筋都浮出。最詭異的是，他的頭破了一個大洞，露出某種虞因非常不想去仔細研究是什麼的東西。

「他」就這樣看著他。

而虞因完全無法移開視線，或者是閉上眼。

他雖然感覺不到那個人的惡意，可是冰冷的感覺卻讓他全身發麻到顫抖，整個頭皮都繃緊了，大量的冷汗不斷從頭落下，轉不開的眼睛，迫使他直視著由上而來的目光。

虞因認識這個人。

他眞的認識，不過他認識的是跳樓前的樣子，而不是這種恐怖的模樣。

時間好像過了很久，久到虞因覺得自己應該會這樣窒息死在這裡的時候，他的腦袋突然又開始暈眩了，恍惚之間，也不曉得是什麼時候，他慢慢閉上眼，不過那個恐怖的畫面還殘留在他腦袋當中。

暈眩讓他又開始無力起來，然後他感覺不到身下躺著的床，有種好像隨時會墜落的感覺跟恐懼充斥了他全身，好像他躺著的不是床，而是某種高空斷崖。

他像是躺在空氣上面，只有很小很小的空間維持他的體重，像是絲線一樣瞬間就會斷裂。

有人輕輕在他的臉上吹了口氣。

很冰、很冷，就像被冰塊拂上臉一樣的感覺。

就在同一時間，虞因敏感地感覺到有人又靠近他，然後緩緩對他伸出手，像是想要將他從唯一的支點上推下去。

他想掙扎……

用力張開嘴卻發不出聲音，只感覺到那隻手離他越來越靠近，接著慢慢搭上他的肩膀。

就在那一刻，像是所有箝制都給解除一樣，虞因馬上感覺到所有力量都恢復，他還來不及睜開眼，下意識馬上就揮開那隻搭在身上的手：「不要碰我！」像是好不容易逃出鬼門關一樣，他使出全力地吼了出來。

倏然睜開眼，四周都是明亮的空間——那個休息室。

很明顯被他嚇了一大跳的人退開床好幾步，是個完全面生的陌生人。

聚焦之後，虞因看見那個陌生人身上的名牌寫著「丁維翰」這三個字，對方愣愣地看著他，似乎一時之間也不知道要怎樣反應。

狼狽地看著對方，虞因愣住了。

越過對方的肩膀，他看見掛在休息室的時鐘，從剛剛進入到現在爲止，只過了五分鐘。

那麼一瞬間，虞因整個呆了。

4

對方也被嚇住了。

「不、不好意思，我看你好像在做噩夢，才想將你叫醒。」

驚愣了半晌，先開口的是對方，帶著友好的態度和微笑的面孔，完全沒有因爲剛剛的事情而擺出不耐的神色：「您好，我叫丁維翰，不好意思嚇到您了。」

幾秒之後，虞因才回過神，愣愣地看了眼前的陌生人一會兒，同時也突然想起來，自己現在身在何處，「對不起，我可能夢到怪東西了。」

「沒關係，您要不要喝點水？」對方倒是很有禮貌地說著。

沒多久，原本在外面的服務小姐，快步跑進來，先跟陌生人道了歉後，稍微解釋一下。

冷靜後，虞因才弄清楚剛剛碰到些什麼東西。然後，他注意到對方報上的姓名跟名牌。

這個人不就是接待剛剛還踩在自己肚子上那傢伙的專員嗎？

印象中滕祈好像有提過，這個人今天出去了，暫時不會回來。

定了定心神之後，他接過了水：「抱歉，丁先生。」

「不要緊，我剛剛聽小姐說過了，您是來問陳同學那件事情的警察之一吧。最近警察年紀輕輕的就這麼操勞，要多注意身體喔。」

對這個人的第一印象是他還挺禮貌的。不過虞因注意到，他們的禮貌其實都差不多是職業性習慣，畢竟是在做業務工作的，這是基本禮儀。

「謝謝您的關心。其實我們剛剛原本也想找丁先生詢問關於陳同學的事情，聽說當天是您接待他的。」

頓了頓，丁維翰微笑著點點頭，「沒錯，畢竟我跟陳同學之前也見過幾次面，那天大家都在忙，想說幫忙招呼他一下。一開始他好像挺高興的，不知道發生什麼事情，後來就變得不太高興。我轉個身回去處理業務之後，就聽到他跳樓的消息了。」

聽起來跟滕祈講的沒什麼兩樣。

接下來隨意聊了無關緊要的事情之後，丁維翰就說要處理客戶問題先離開了。

不久之後，就看見虞佟跟滕祈從電梯出來。

「阿因，現在覺得怎樣了？」直接走進休息室，虞佟有點擔心地問著。

「喔，沒事了，完全沒有其他怪感覺了。」說也奇怪，那東西一離開後，什麼暈啊、痛的都沒了，虞因懷疑剛剛會暈眩，也是被那玩意搞的。「對了，我剛剛有遇到丁維翰。」

「咦?他不是不在嗎?」虞佟愣了一下，疑惑地說著。

「是不是回來拿資料之類的?」大概也覺得奇怪的滕祈隨口說著：「不過這也沒什麼好奇怪的，經常會發生這種事情，人呢?」

「他說有事情又離開了。」站起身，覺得恢復得差不多的虞因按按肩膀，現在只稍微感覺到一些睡姿不正的痠痛而已，其餘的都沒了。

點了點頭，虞佟轉過身正視剛剛領著自己逛了一圈的專員：「滕先生，非常謝謝您的幫忙，我們也應該告辭了。不好意思耽誤您的時間，還麻煩您這麼多事情。」

滕祈微笑著點了下頭，「哪裡，若有需要幫忙的地方，請隨時通知我。」

大致上先行告別後，虞佟謝絕了對方的送行，跟虞因兩人自行搭電梯往樓下大門離開。

兩人走一段路後回到車上。

下午，封閉的車內是有些悶的。

開了兩邊車窗通風幾分鐘後，虞佟才發動車。

「大爸，你在頂樓有找到什麼嗎？」吹著窗外送進來的自然風，虞因隨口問著。

「嗯……其實大體上並沒有找到什麼特別的東西，可能是因為撤走人員之後，他們有自行打掃過，所以就算真的有什麼，應該也都沒了。」聳聳肩，駕車朝著局裡回去的虞佟這樣說著：「不過，頂樓外面沒有什麼掙扎過的痕跡，看起來就跟自殺現場沒兩樣。你曉得我的意思，他墜下時並沒有試圖抓過什麼。」

而正常如果不是自殺的人都會想求生的。

「如果是意外而來不及回過神呢？」

「這也有可能，我再多看看現場的證據報告吧。」

然後，車內又是一陣沉默。

直到紅燈停車時，虞佟才轉頭看著旁邊：「阿因，雖然我讓你知道這些事情，但是我仍然不同意你太過深入，就像你二爸說的，記得你現在是學生的身分。」

他不會特別阻止自家兒子的求知慾，但太過危險或深入時，他也會斟酌阻止他的行動。

畢竟他還是學生，而非正式的員警。

「這個我知道，我自己也會有分寸的。」當然知道他們的顧慮是什麼，虞因點了點頭，接著他想到另外一件事情：「對了，大爸，我明天晚上要在外面過夜喔。」

「過夜？」

「對啊，跟幾個朋友約好要去幫人家慶祝生日，會玩通宵吧。」不是第一次在外面玩到隔天，虞因聳聳肩說道。

通常他家不太會在意這一點，只要先報備就可以了。

「不要出入不正當的場所，否則被你二爸的人抄到你就完了。」當然知道自家兒子不可能會去違規場所，不過虞佟還是多少講一下。

「安啦，我還會記得帶身分證，行了吧。」

「別鬧了。」

□

翌日，下課之後，虞因拒絕了一干損友邀請，就直奔陳永皓他家。

到達時，靈堂前已經有好幾個人了。

大部分都是陌生面孔，不過他馬上就認出前面的楚晉禾，對方也在他下摩托車之後走了過來。

「你怎麼來得這麼早？」訝異於還沒天黑他就來，楚晉禾這樣說著：「我們不是約好晚上十二點嗎？」

「喔，我今天沒有排打工，想說先過來看看有沒有要幫忙的地方。」虞因一邊說著，一邊從車旁拿起剛剛在路上買來充數的白色花朵，放到靈堂邊，「如果太早打擾到你們的話，我可以先離開，十二點再過來。」

他原本是想說先來看看，能不能找到點什麼端倪，不過看這票人好像都一直在這邊，大概也沒有辦法去找了。

「倒沒有關係，不過現在離十二點還有好幾個小時，你要不要先去吃點東西，不然等會兒半夜要做事情的時候，就沒得吃了。」楚晉禾算是相當友好地說著。

「也對，剛剛下課來的時候忘記先吃晚餐了。」聳聳肩，虞因咧了笑：「對了，可不可以稍微透露等一下要做什麼事情？你光叫我來，也沒講爲什麼，讓我有點懷疑。」

楚晉禾笑了，然後示意旁邊的人可以去做自己的事情，等人差不多都散開之後，他才出聲：「你不曉得我們要幹什麼，還眞敢過來啊？」

「嘖，你總不會是要策動全部的人去殺人放火搶劫吧，如果是，我馬上就回家。」虞因半是開玩笑地說著，不過，也還眞有點怕對方下一句就是要去放火燒屋。因爲他對他們的第一印象並不是很好，隱隱約約感覺到他們似乎打算做些什麼怪事。

「哈哈，當然不可能啊，你以爲我們要暴動啊。」搖搖手，楚晉禾用一種他想太多的語氣訕笑著，然後在一旁的椅子上坐下，神祕兮兮地說著：「你有聽人家說過請魂嗎？」

虞因突然覺得自己的眼皮開始抽動了。

果然多管閒事就會倒楣，這個定律基本上是不變的。

「招魂吧？」涼涼地看了靈堂裡的相片一眼，虞因哼了哼。

「差不多就是那個意思，總之，我們想要請永皓的鬼魂出來，問看看他到底是怎麼死的。」很認眞地說著，楚晉禾完全沒有開玩笑的神態：「既然警察沒有辦法做到，那就請他本人出現，絕對就是最清楚了。」

「這不是要在頭七比較有效果嗎？」然後虞因決定在頭七那天絕對不來。

「我們不想等那麼久。」立即否決這個提議，楚晉禾搖搖頭說著：「越快找到死因越好，所以決定今天晚上在靈堂或房間請魂。我們已經和永皓的母親跟妹妹溝通過了，今天晚上大家湊錢，請她們到旅館住一陣子，所以這邊不會有人打擾。」

還眞是都安排妥當了。

看著眼前這群人，虞因開始思考，到底是多大的人情幫助，才能驅使這些人做到這種程度。

「你不會想走了吧？」看著虞因似乎有點猶豫的表情，楚晉禾立即問道：「如果你不想參與也沒關係，反正現在天色還早，我們並不強迫一定都得加入；如果你想知道結果的話，之後我也可以告訴你，一切都不勉強。」

稍微看了一下在靈堂附近走來走去的人，大部分都是學生，虞因雖然有點猶豫，不過還是點了頭：「沒問題啊，玩就玩，反正人多。」他不曉得這些人裡面，有沒有人能夠看見好兄弟的，不過總比沒有好，至少眞的玩出問題時，自己還可以提醒其他人快跑……雖然不見得跑得掉就是了。

「那就好。」楚晉禾站起身，然後拍拍他的肩膀，「看你要先去吃飯還是怎樣，總之，十二點一到，我們馬上就開始，如果你沒回來也不會等你。」

「OK，那我就先去吃飯了。」

甩著車鑰匙暫時告別之後，虞因沒打算騎摩托車離開，因爲外面巷口就有很多攤販可以隨便吃點東西——雖然他很不喜歡外食，不過還是將就一點好了。

走出路口，左右看了一下，就隨便找了間賣羹的坐下來。

天色已經稍微有點晚了，他瞥一下手錶，六點多。現在大爸應該也在弄晚餐了吧？

才坐下沒多久，他就聽見警車呼嘯而過的聲音。

啊，對喔，他差點忘記械鬥那案子好像也是在這區的事情。

糟糕，要小心別跟二爸撞上了，雖然他覺得二爸應該不太可能會跑來這邊，但凡事還是要多小心一點。

不用多少時間，熱呼呼的肉羹麵就給老闆端上桌，他隨手抽了竹筷子，挑掉竹屑後，開始咬著還燙口的麵條。

「同學，你住裡面那條巷子喔？」

因爲客人還不是很多，老闆有一搭沒一搭跟坐在附近的他聊了起來。

「沒啦，我是來找朋友的，你住裡面喔？」抬起頭，抱著可以順便打聽的心態，虞因也攀談了起來。

「我住對面巷子啦，最近你朋友那邊在辦喪事……說起來也奇怪，聽說那條巷子之前也被傳過一點事情，結果沒半年又辦喪事了。」在鍋中加了些水補滿，老闆聳聳肩說道。

「傳過什麼？」

「啊，就前陣子常常有人在說，半夜聽到有人在巷子裡面跑的聲音。剛好我一個外甥住在那附近，說什麼晚上聽到有人一直在跑，可是打開門什麼也沒有，很久了喔。」聊著八卦，老闆夾了顆蛋送他配麵。

「半年嗎？」點了頭道謝，虞因想到他剛剛說「沒半年」這句話。

「差不多耶，經常這樣跑，所以那條巷子一到晚上，就不太有人敢出門，說可能是有什麼不乾淨的東西。結果才在講，不到半年，就聽到陳太太她家兒子前兩天跳樓自殺了，大家都在傳，搞不好是被那個跑步的東西勾魂了。」說得繪聲繪影，老闆看他聽得入神，愉快地補充：「所以啊，你要是去朋友家玩，回去時自己要小心一點，最近這裡的治安也不太好，多一點注意也沒差啦。」

「我知道，老闆謝謝你喔。」

露出笑容，正想進一步打聽，攤前傳來客人的喊聲中斷了他們的話題，老闆招呼一下之後，就轉回攤位前面了。

也差不多是同樣的時間，麵攤又進來另外一群人，在幾個桌子旁邊坐下來。

其實虞因並不想搭理這些人，不過，因爲他們踹椅子、拉椅子的聲音實在是太大了，他反射性地看了一眼。

一看，他差點整個愣住。

那桌大概四個人，可是他們的桌上出現一個爛一半的東西，端坐在上面，臉已經全都沒了，從形體上看來大概是個男人。

那一秒，虞因有種突然反胃吃不下的感覺。

然後，那群人也發現他的視線了。

「幹！看啥小！」其中一個臉本來就很臭，現在更臭，直接操台語罵他。

虞因馬上把視線轉回去。

他現在還不想惹麻煩，而且也沒有解決麻煩的手腕。

很顯然對方並不這樣想，在他轉回去不到幾秒鐘之後，他座位前面的椅子就被踹開，那個人已經站在他桌子前面了：「你看什麼看！」

放下筷子，虞因很想翻翻白眼，「我沒有在看你啊，你是不是弄錯了。」怎麼最近的人脾氣都這麼火爆，該不會是經濟差，沒錢繳學費、養家裡，然後壓力大，上街幹架吧。

「還給恁爸裝蒜！給我起來！」對方直接往桌上一揮，裝滿竹筷子的塑膠筒整個被揮到地上，發出很大的聲響。

聽到騷動的老闆趕快趕過來，似乎想要勸說，不過被那個人的同伴擋住了，幾個人臉色都很不友善，原本想要轉頭報警的老闆也被擋著脫不了身。

「大哥，你真的弄錯了，我剛剛只是在看外面風景，沒有在看你。」注意到那個半爛的東西移動腳步往這邊靠，虞因有種麻煩大了的感覺。

「還想裝蒜！」一把翻了桌，原本放在上面的羹麵跟著摺疊桌給打翻了一地，黏糊糊的液體開始四處擴散。原本還有一、兩個客人，一看到這種狀況也不敢吃了，連忙放了錢趕快離開。

虞因倒退一步。

這種時候，電視上的劇情通常被威脅的人大都是武林高手，然後打得地方惡霸哀哀叫，不過很可惜，他只是被找碴的平民百姓，大概今晚逃不過在這邊被揍的困境了吧。

眞是夠衰的，他到底招誰惹誰了啊。

就在對方拽住他的衣領要揍下去，而虞因也做好被揍準備同時，某個異常耳熟的聲音從大老遠的地方響起來。

「條子來了！」

不曉得爲什麼，虞因突然覺得這一幕很是眼熟。

眼熟到讓他想笑了。

□

嗶嗶的聲音在那群人跑開一段路之後，出現在他旁邊。

虞因好氣又好笑地看著每次自己被揍必會冒出來的某人，「你經常用這招『狼來了』，不怕有一天眞的踢到鐵板嗎？」

雖然不知道已經好幾天沒碰頭的小聿爲什麼會出現在這邊，不過虞因還是敲了一下他的頭。

用慣了，有一天眞的沒把人趕走，還反過來被修理怎麼辦！

聿拿下嘴巴上的哨子，轉頭看著後面。

沒幾秒，剛剛呼嘯而過的那部警車掉頭了，還停在攤位旁邊。

打開車門之後是他認識的人，二爸的同僚。

「阿因，有沒有事啊？」車上的員警對他喊了聲。

「沒事啊，林大哥，你怎麼會在這邊？」看了旁邊的聿，不曉得爲什麼他突然覺得這兩個人是一道的。

「喔，你家老大把重要文件忘在家裡，小聿送來之後，他怕他一個人在附近迷路又遊盪，而且小聿還是另外一個案子的關係人，不能有差錯，叫我繞個圈，幫忙送他回家再過去局裡。」員警很客氣友善地這樣說著：「不過沒想到，剛剛停紅綠燈時他突然跳下車，我還以爲怎樣了，原來是你在這邊被圍毆啊。」

「……還沒被圍到啦。」咧了笑，虞因瞥了剛剛那群人逃走的地方，已經消失得無影無蹤了，估計應該不會再回來找他麻煩。

「那就好，這邊最近出事，你如果要找朋友，自己要小心一點，晚上別在外面逗留太晚。」基於好心，員警這樣說道。

「我知道，那聿你就先回去吧。」想起了等等還要去陳永皓那邊，虞因推了推站在旁邊的那個傢伙一把。

紫色的眼睛看了看他，又看了看車裡的員警，然後拽著虞因的手臂不放。

「喂喂，我今天沒時間陪你玩耶。」用力搓搓他的頭，虞因沒好氣地說著。

聿看了他一眼，搖頭，還往後站，顯然就是不想上車。

「阿因，你家小聿好像比較想等你耶，還是我晚一點過來載他？」車裡的員警這樣詢問著。

「沒關係，不然我自己載他回去好了，反正我有備用的安全帽。」不好意思讓別人在這邊耽誤太久，虞因直接對那個突然不回家的小鬼彈了一記額頭，「倒是你要不要備案一下，剛剛老闆的店被砸了。」

一聽到要備案，羹店的老闆馬上搖頭：「不用了啦，沒什麼大事情，不用特別備案。」

他有點膽怯地這樣說著。

開玩笑，要是隨隨便便備案，他還眞怕那群人因爲這件事情繼續來找麻煩。只是被打翻張桌子還好，他可想繼續在這個地方餬口。

要是給那種人知道自己去備案，還不砸了他的攤子才怪。

所以，老闆是抱持著能少一事就少一事的心態拒絕了。

車內的員警大概可以猜得出他的顧忌，然後笑了笑：「老闆，沒關係啦，要不然如果那些人再來砸攤子的話，你就打我的電話，我們馬上會過來嚇開他們的。」說著，遞出了寫有手機號碼的紙條。

「謝謝揑。」老闆收了紙條，很高興地點了頭，「有時間來這邊坐坐啦，我請客、我請客。」

「哈哈，不用了啦。我還有事情就先回局裡了，阿因、小聿，你們自己要小心一點喔。」打過招呼之後，員警才關了車窗，駕著警車離開。

怕那群人回頭繼續找他麻煩，虞因草草包了兩碗麵之後，拖著聿就往陳永皓他家走。

「你來湊什麼熱鬧啊，要是被大爸知道我跑來這邊，我就慘了！」拉了拉那張白色的臉煩，虞因沒好氣地說著。

拿了筆記本在上面寫了字之後，聿把本子翻過去給他看：「佟今天加班不回來，你不是找朋友慶祝？在這邊幹什麼？」

「喔，我來找朋友沒錯啊。」只是不是慶祝而已。搔搔頭，虞因考慮著要不要直接招供，不然聿都已經在這裡了，沒先告訴他實情，要他幫忙說謊，可能不太容易。「欸，我跟你講我來這邊做什麼，你回家之後，要跟大爸、二爸說，我是來幫人家慶祝生日喔。」

聿瞇起眼，看著他思考了半晌，然後才慢慢點頭。

得到他的保證之後，虞因才大致上把陳永皓跳樓的案子講了一下，連同自殺之前碰到他，以及這群人要請魂的事情。

聽著事情，聿表情一點也沒有改變，完全看不出來他正在想些什麼。

大概是因爲跟小聿一起，已經多次碰過其他怪事，虞因覺得他在某些事情上，認知和接受度比大爸、二爸高，再加上他也不是警察，沒什麼特別顧忌，所以就把自己的想法跟事件都全盤托出，沒有保留。

講著講著，不知不覺兩個人已經走回陳永皓家附近。

那個白色的靈堂在入夜之後，看起來格外地陰森詭異，飄動的白布下方透著昏暗的燈光，讓在裡面走動的幾個人看起來都有點不太眞實。

似乎也眞的就如同那個老闆所說的，這地方到晚上之後，除了他們這些外來的學生以外，居然一個人也沒有。

止住了話題，虞因領著聿走過去。

不曉得是不是跳針眼又沒用了，他在靈堂裡倒也沒看見什麼不乾淨的東西。

遠遠就看見他帶了陌生人回來，楚晉禾快步跑過來攔住他：「這個人是誰！」語氣中充滿戒心。

轉過去，虞因看見身邊的聿，不知什麼時候已經拿出自己上次給他的眼鏡戴在臉上，那雙紫色的眼睛在鏡片以及夜色之下，幾乎完全察覺不出來。「喔，別緊張。他是我弟，因爲我很少在外面過夜，他怕發生事情，所以跑來想等我一起回去。」隨便向對方撒了個謊，同時他也注意到楚晉禾的神色緩了下來。

「原來是這樣，那你弟有要加入嗎？」

「呃，沒有。他完全不認識永皓，純粹是來等我而已，不會干擾到你們的。」虞因笑笑著擋開對方好奇的視線，然後舉起拿著塑膠袋的手，「剛剛外面有人在鬧事，我們還沒吃飽，哪邊可以借個地方吃東西？」

楚晉禾指向旁邊：「我們跟鄰居借屋簷下面休息，你們去那邊吃吧，不過蚊子很多。」

「謝啦。」搭著聿的肩膀，虞因在對方還沒起疑前，快步拉了人就往隔壁屋簷下走去。

因爲隔壁有種花草，不待走近，他們就可以體會到蚊子多的感覺了。

幸好，因爲要充當休息地方，所以也點了很多蚊香，屋簷下還有小小的臨時桌椅，倒也不是那麼難待就是了。

夜色深沉加上又有靈堂，所以隔壁早早就已經大門深鎖，估計應該是在家裡看電視吃飯什麼的，沒有直接開門打照面。

兩個人一前一後坐下，吃飯時誰也沒有先發出問句或是聊天，就這樣安安靜靜地吃到完。而在用餐時，不時還有別人來靈堂祭拜什麼的，不過有些很快就離去了，大概不是要參加請魂的人。

越晚人越少。

吃飽後，虞因跟聿就在靈堂旁邊的小座位坐著等人，聿從背包裡拿了書開始打發時間。

而虞因自己則是拚命打哈欠等到快睡著。

就在一片沉默之際，午夜十二點也逐漸來臨。

□

如果要虞因形容那天的狀況，他會說其實那天一點也不冷。沒有小說、電影裡那種寒風呼呼的感覺，當然也沒有讓人凍到連心臟都凝結的那種溫度。要更仔細形容的話，其實那天晚上根本什麼事也沒有發生……如果眞的是這樣就好了。

楚晉禾那幾個人不知道從哪邊弄來整套的錢仙遊戲……其實，虞因本來以爲他們會找碟仙，照理來說，碟仙比較會有亂七八糟的東西跑出來，機率跟詭異程度都高很多。不過，不確定他們要用錢仙是不是這個原因，所以他也沒特別過問。

「你玩過這個嗎？」一邊攤開用具，楚晉禾注意到他一直盯著桌上看，就隨口問了一下。

「沒有。」玩這個等於自己找個油鍋跳下去，穩死無疑。離開桌邊，虞因看了一眼站在大廳門口的聿，他也正往桌上盯著看。

一群人決定在大廳、門口靈堂邊開始玩請魂的遊戲。

連同他跟楚晉禾在內還有兩、三個男女，都是大學生，另一些沒有加入的人就在旁邊幫忙看著。

虞因走過去，拍一下聿的肩膀，小聲地說：「你可不要隨便突然就加入了。」他有點擔心這個外表看起來沒什麼、可是好奇心超旺盛的傢伙，突然殺出來要參一腳。

聿瞥了他一記白眼。

結束短暫的交談後，桌邊的幾個人已經全都弄好了。

跟著另外幾個人在桌邊坐下，虞因看了四周還算是陌生的人，然後隨著他們一起把手指搭上不知道哪邊找來的古錢幣。

從他的座位往外看，可以稍微看見靈堂的白布正在不停地飄動著，彷彿好像翻開的下一秒，會在那後面看見些什麼。

於是他們的遊戲在午夜時正式開始。

主要的中間者是楚晉禾，所有人跟著他一起念著請錢仙、陳永皓等等的字眼。

大概過了十幾分鐘，那枚古錢幣仍是動也不動。

「該不會是請不出來吧……」就在持續了很久都沒有動靜後，有些旁觀的人也開始不安地竊竊私語起來。

就算是沒碰過的虞因也知道，通常在午夜玩這類東西，是很容易請來亂七八糟的玩意，可是一點都請不到，反而有點問題了。

時間繼續往前流逝。

因為久久沒有動靜，楚晉禾的表情看起來也逐漸不輕鬆了，他閉著眼睛一直唸著重複的字句，旁邊陪玩的，同樣也跟著緊張了起來。

不曉得是不是錯覺，在時間即將到一點時，虞因感覺到手指下的古錢幣突然動了一下，然後在眾人瞠大的眼中，開始慢慢離開本位。

「請問你是永皓嗎？」好不容易請來錢仙之後，楚晉禾立即抓緊機會詢問。

奇異的是，所有人指下的錢幣並沒有回答問題，只是一直在本位附近不停打轉，之後楚晉禾又問了好幾個不同的問題，仍然沒有結果。

錢幣不停地轉著，什麼也沒有回答，像是只能走固定路線的玩具，絲毫沒有多餘的動作。

幾個正在玩的人相對看了一眼，開始有點發慌了，而坐在楚晉禾旁邊的女生騰出另一隻手，拉拉他的衣服：「阿禾，我看今天晚上怪怪的，先別玩了……改天吧。」邊說著，邊是害怕地看著那個仍然轉動的錢幣。

沉默被打破，另一個人也連忙幫腔說改天再繼續。

原本屋內的日光燈就有些昏暗，雖然夜晚溫度不低，但是幾個人也開始感覺到詭異的氣氛充斥了屋內。

原本四周觀看的人停止發出聲音，一片靜默讓不停打轉的錢幣看起來更怪異。

他們都可以聽見錢幣在紙上摩擦的聲音。

「先請回去再說吧。」虞因看了中間的楚晉禾一眼，這樣說道。

點點頭，楚晉禾立即開始唸著請回去之類的話。

時間一點一滴過去了，不管再怎樣唸，那個錢幣依舊在原地打轉，怎樣也請不回去。

幾個人互望了一下，又努力唸著請趕快回去之類的話。

錢幣仍然在轉。

時間慢慢地流逝，就在指針即將超過兩點時，桌面上突然傳來一個崩裂的聲音。還沒反應過來，虞因先感覺到手指突然傳來一陣刺痛，旁邊的女孩已經尖叫著把手抽走。

「先別……」楚晉禾制止的聲音來不及發出，第二個人也把手抽走。

虞因看著桌上，也瞬間知道刺痛的原因——那枚古錢幣在即將進入本位圈時裂開了，整個斷成四片，裂開的尖銳處刺傷了所有人的手指。

碎片在本位圈的線框上，一半在裡面一半在外面。

「這樣算不算回去？」虞因看著同樣還留著手的楚晉禾，問道。

「……我也不知道，第一次遇見這種狀況。」死盯著破碎的硬幣看，楚晉禾一下子不曉得應該做怎樣的反應。

「應該是有回去吧。」看看左右的人，虞因一講，其他人立即點頭算是認同。

沒有人想直接說沒請回去代表什麼，他們全都知道。

虞因站起身，甩掉手上的血漬，被扎的痛楚還令人不悅地留在上面，「今天晚上應該是不會有什麼了，那我跟我弟就先回家了喔。」古錢幣的事情讓人分心，沒有人多說什麼，幾個圍觀的也匆匆說要先行離去。

「如果還有更進一步的消息，我會再跟你們聯絡的。」楚笞禾這樣告訴其他的人。

「電話聯絡。」走到門邊拍了一下那個幾乎快睡著的聿，虞因甩出了車鑰匙。

就在他們兩個相偕要離去時，不曉得是不是眼花，虞因隱約地似乎看見在玩錢仙的桌下蹲著一個人。

只是眨眼瞬間。

仔細看，那抹人影又像是沒存在過一樣，什麼也沒有。

「聿，回家吧。」

今晚給他的感覺並不好。

回頭看著靈堂白布被吹得稍稍翻起的地方，遺照兩邊的花朵看起來格外陰森詭異，日光燈幽暗得令人提心吊膽。

讓人極度不舒服的一夜。

5

時間即將三點。

到家後，夜已經很深了，小聿一進門就轉進廚房弄宵夜，隨後端著兩份點心出來。

坐在客廳當中，虞因偏過了頭。

他有一個問題。

但是，這個問題到目前爲止都還不見解答。

「我一直想不通，那張不見的彩券到哪邊去了耶。」盯著盤子上的小點心，虞因拿叉子叉了兩三下：「他家沒有、戶頭沒有、身上也沒看見，該不會是掉了吧？」

聿盯著他一會兒，然後在筆記本上寫了字遞過去：「你記不記得是哪家彩券行賣的？」

彩券行？

「應該大概知道位置。」那天晚上雖然不知道他在哪間彩券行買的，不過從他竄出來的位置，大概可以猜得到，因爲那附近一帶也只有一家。

他抬頭，看到那雙紫色的眼，突然知道應該去哪邊問看看了。

「明天上午沒課，你要去嗎？」在問之前，不曉得爲什麼他還挺有自信，覺得小聿應該會跟去的，可是在聿搖頭之後，他反而疑惑了。

埋頭寫了幾個字，聿把本子推給他，上面簡單寫著：「我跟人約好去圖書館唸書，要考插班考試。」

「咦，你決定要唸書了喔？」有點訝異，難怪最近他都不在家。虞因想想突然有點不高興起來，怎麼都沒有人跟他說這件事。

對座的人點點頭。

想著考試問題，虞因突然覺得不對勁：「你跟誰去唸書？」印象中，小聿在這裡沒認識幾個人吧。

稍微思考了一下，直接從筆記本裡翻了張名片給他，聿將盤裡最後一口點心吞下。

名片上印著兩個會讓虞因頭痛的字。

「你居然叫嚴司教你……」更可怕的是，那傢伙居然眞教了。

不覺得有什麼問題的聿聳聳肩，端著空盤子站起身走進廚房，然後回房間拿了衣服做睡前準備。

收下名片後，虞因再度把思緒轉回彩券行上面。

如果要知道那張彩券到底中多少的話，最好是問問老闆對那個人有沒有印象。那天晚上那個人衝出來的巷子，並不是他家附近，也不是他打工的地方。

突然興奮衝出來又嚷著中獎，除非是在同學家看到電視開牌……但是這樣的話，那群上香的一定會有人知道，所以他認爲，應該是當天不知道怎樣的，陳永皓在彩券行看完開獎才離開。

這不是不可能，很多彩券行都會提供電視讓人現場看開獎。

另一個可能，他不知道在哪邊看見開獎。

不過這樣就比較難找了，想了一會兒，虞因決定先去拜訪那附近晚上有提供開獎節目直播的店家。

可是那個店家會乖乖告訴他嗎……？

算了，多想沒有用，有時候事情要付諸實行才會知道。

□

第二天上午一早，虞因匆匆吃過早餐後，就往第一次遇到陳永皓的地方去了。

那一帶夜店比較多，大部分都是晚上才會營業的店家，所以白天還頗爲安靜的，除了附近商業大樓來往的人車之外，並不像晚上看起來那麼繁華。

「好像是在這邊……」

回想著他前幾天晚上的路線，在出門前，他稍微在網路上查了一下附近店家，剛好這一帶有兩家，而他遇到人的那個巷子尾端就是其中一間。

上午不到九點，他走到巷子底，正好看見那家彩券行拉開鐵門準備將桌椅搬出來。

在外面整理的是個中年婦人，而裡面有另一名坐著輪椅的中年男子，正操作著機台。

看一下手錶，虞因直接踏進店家。

「早。」婦人很有禮貌地點了一下頭。

走到櫃檯前，左右看了一下，注意到旁邊放著大電視機。「老闆，你們家店面還放電視喔？」

「對啊，現在生意不好賺，加減放電視開獎給客人看啦。」櫃檯前的老闆笑了笑，這樣告訴他。

「這樣喔？你們平常都開到開獎時間嗎？」

老闆點點頭：「一般我們開到九點才關，這邊晚上人也多，多少還可以賺點錢；不過九點過後比較亂啦，就要早點收了。」

虞因點點頭。附近有辦公大樓，晚上之後巷外還有很多夜店，他稍微可以理解。因爲有點危險性，所以店外還有巡邏簽到單。

「我想問你一下，前兩天晚上開獎時，有沒有一個跟我年紀差不多、高高的男生在這邊等開獎？」虞因大致形容了陳永皓的樣子給店家聽，旁邊整理完的婦人也站了過來。

「好像有，對不對。」老闆跟老闆娘對看了一下，點頭：「前兩天開獎晚上，有這樣的男生在這邊，不過不是熟客耶，大概是七點快八點時路過的。我老婆以爲他要買彩券，因爲那時候他站在店門口很久，結果弄錯了。」

笑了笑，老闆娘跟著接下去：「那個同學在講電話，我以爲他要買，跑去跟他說剩兩分鐘了，結果才發現原來他不是要買彩券。不過他好像有尷尬到，就走進來買了一張電腦選號，後來說他不會玩這個，我老公就招呼他在這邊吃點東西等開獎。」

「欸？你們招呼過他？」虞因愣了一下，連忙追問。

「我們這邊常常有熟客來看開獎啊，都會準備一些小點心。」注意到話說太多了，老闆娘突然皺起眉頭：「抱歉，請問一下，你跟那位同學有關係嗎？」

虞因愣了愣，正打算隨便想個理由搪塞過去時，身後先傳來某個很熟悉的聲音——

「不好意思，我們是警察，因爲有點問題，可不可以請你們再說詳細一點。」不曉得什麼時候走進來的虞佟，一邊出示了警徽，然後看了虞因一眼，在櫃檯旁邊停了下來。

像是有點嚇到，老闆娘趕緊道了歉：「抱歉啦，不知道你們是警察先生，先坐一下。」說著，拖了兩張板凳過來，陪著大大的笑臉：「你們還眞年輕耶，辛苦了。」

「謝謝。」推了推眼鏡，虞佟露出溫和的笑容，「可不可以請你們稍微說一下，那位同學那天晚上的事情？」

互看了一眼，老闆娘有點尷尬地開了口：「說是可以啦，可是警察先生，你可不要到處宣傳，不然他會說我們害他。」

害他？

疑惑地皺起眉，虞因突然覺得眼皮跳了跳，有種不安的感覺。

「我們都記得很清楚喔，那個同學那天晚上在這邊一直等到開獎……因爲那晚沒客人，整個店裡只有他一個，獎一開出來，他馬上從椅子上跳了起來。」像是想起了當晚的事情，老闆笑呵呵地說道：「然後直喊中獎了，還一把抱了我老婆吆喝，要不是知道中獎人都會很樂，我還眞要說他是性騷擾咧。」

這點虞因倒是很有認知，他那晚也以爲他神經了。

「結果那天晚上，那個同學在附近超商買了一大堆糖果過來，就是現在桌上請客人吃的那些。」老闆指了指，櫃檯前面的金元寶糖果盒裡面，有不少一包要價一兩百的中價糖餅。

就虞佟所知，一般這些店家不會放這種高檔的糖，除非是中獎客餽贈的。

「他很高興，眞的很高興，第二天一大早還打電話給我們說，他做了紅布條要送過來，還在店門口放了一串鞭炮，我們當天就把鞭炮放了。」老闆娘這樣告訴兩人：「大家沾沾喜氣嘛，本來說這兩天要送紅包的，不過沒看到人。其實別來也比較好，很多熟客都在問，還眞怕有人會想偏了，對那個學生不利。」

想偏？對他不利？

虞佟突然覺得似乎案件要變得棘手了。

「那，你們知不知道他中多少錢？幾獎？」虞因按著櫃檯問道。

兩夫妻對看一眼，滿臉都是笑意。

「這個喔……」

就在他要開口時，門口突然停了一輛廣告公司的貨車，大嚷嚷的聲音讓四人同時止住了話題，回過頭去。

車上下來個業務，拿著一張單子，左右看了一下走進來，「老闆喔！有人要我送布條過來給你們，眞福氣耶！順便給我打個五百的彩券沾沾吉利咧！」

業務遞了鈔票過去，咧咧大笑著。

「紅布條？」虞因想起剛剛兩夫婦才說過紅布條的事情。

「對啊，你們要買也快點買吧，福氣剛來，快點沾沾比較容易中啦。」接過裝有彩券的袋子，業務直接塞進胸口口袋，又回到車上拖了一大包東西下來，就站在門口左右張望了一下，衝著裡面大喊：「老闆啊！順便幫你把布條掛上去，你要怎麼掛啊！」

老闆娘急忙跑出去，笑笑地指揮著那個人掛布條。

一看見被攤開的紅布條，虞因跟虞佟的臉都黑了。

「不會吧……」虞因突然覺得頭好痛。

加大版的赤紅紅布條被人一點一點地往上拉去，出現的字眼讓好幾個上班族同時停下了腳步，幾個人駐足看清楚以後便走進來。

紅底白字的廣告布上刺眼地寫著：「恭賀本店開出頭獎！」

「那個同學啊，扣完稅還有兩千多萬可以拿，眞是好運人咧！」

頭痛的兩父子在客人湧進之前的最後，只聽到很歡樂的老闆這樣說。

「他中頭獎了！」

□

現在的狀況是，他們兩個站在巷口，同時頭痛起來。

「大爸。」虞因伸出手，在旁邊的人肩膀上拍一拍，「陳同學掉了兩千多萬喔。」不是兩萬，中間還有個千字。

虞佟幾乎想呻吟了，沒想到自殺案又冒出一筆不知去向的兩千多萬元，他們查過陳永皓身上和帳戶，就是沒有剛剛老闆說的那張頭獎彩券。

但是老闆指證歷歷，完全沒有說謊，而且也沒有任何說謊的必要。

這樣一來，自殺案就一點都不單純了。

另一邊的虞因則是想到另外一件事情。

該不會就是因為彩券的關係，他才會一直遇到怪事情吧……？

「我去一下剛剛老闆說的那家超商問問看是不是跟證詞符合。」揉著額頭，虞佟就往最靠近的便利商店走過去，大約十來分鐘之後，拿著兩瓶飲料走回來。

接過其中一瓶果汁，虞因看了他一眼：「證詞符合對不對？」

虞佟點點頭，「工讀生幫我打了一下電話，因為那天晚上，陳同學一口氣買了大量的糖餅，所以夜班的人都記得，老闆沒有說謊。」

這樣一來就更奇怪了。

中獎兩千多萬的人不可能因為債務問題而自殺。

而陳永皓那天在債務公司的異常請客行動，就都可以合理地解釋了。

他應該是想要去找滕祈商量立即還款的事情。

「大爸，你知道我現在在想什麼嗎？」嘆了口氣，虞因靠著巷子的牆邊說著。

「跟我一樣吧……他很有可能不是自殺。」一個即將還清債務且還有餘額的人，不可能自殺。而老闆也證實了，他當晚幫忙核對彩券跟算扣稅，所以彩券一定是真的有中獎並非看錯。

「剛剛老闆也說過，這期中頭獎只有一個人，如果跑出第二個人的話，應該就會很有趣了……」虞因搓搓下巴，環著手開始思考可能性。

「你懷疑有人要搶彩券，在大樓上面殺他啊……」其實，虞佟自己也開始這樣懷疑了：「滕祈已經有了不在場證明，應該不是他。就當天員工而言，陳同學是自己一個人上電梯到頂樓的，並沒有任何人跟著他上去。」

「會不會是頂樓本來就有人？」虞因突然這樣講：「搞不好臨時起意什麼的。」

「有可能，我回局裡一趟，順便請公文去調所有監視畫面回來，看看有沒有問題好了。」虞佟甩了甩車鑰匙，然後看了自家兒子一眼，「還有，你不要又隨意亂跑了，要不是小聿打簡訊跟我說，我看你還能問出什麼來。」

果然是那個小鬼。

就覺得奇怪，怎麼大爸會來得這麼巧。

「對了，聿要插考高中了啊？」他突然想到昨夜的短暫對話，立即開口詢問。

原本正要離去的虞佟停下了腳步，訝異地看了他一眼：「他有跟你提？」

「眞的有這回事？」虞因注意到虞佟神色不對，疑惑地追問。

虞佟搖搖頭，「前幾天我問他時，他沒答應要插考……你眞的確定他想插考了嗎？」被這樣一問，他也覺得奇怪。他是絕對支持聿繼續上學，但是這一陣子他一直拒絕入學，怎麼阿因會突然提到這件事情？

「他沒有要插考？可是他自己說要考，而且還叫嚴大哥教他，最近都泡在圖書館耶。」詫異地詢問著，虞因突然覺得不太對勁了。

如果沒有要插考，聿爲何要說謊？

還是這種馬上就會被拆穿的謊言。

「你說阿司教他？」虞佟同樣陷入了相同的疑惑中，「等等回局裡，我順便問他是怎麼回事。你不要突然去找小聿，他會嚇到。」深知自家兒子衝動這點，他不忘順口提醒。

「好啦。」沒好氣地應聲，虞因挑了挑眉，「我不會隨便去找他吵架，行了吧。」他只是覺得很古怪，還不至於到直接殺上圖書館逼問的地步。

「那我先回去了，晚上見。」確定他應該不會殺去找人之後，虞佟才帶著鑰匙離開。

目送著對方離開之後，虞因正打算趕回學校上下午的課程。

走到摩托車附近時，手機突然響了起來。

現在這種時候誰打給他啊？該不會是因爲蹺課，又有人要來催了吧……

拿出手機，上面顯示的是楚晉禾的名字。

找他幹嘛？

「喂？我虞因。」不曉得對方用意，虞因在車位上坐了下來。

「我是楚晉禾，今天晚上八點半你有沒有空？我有件事情想麻煩你。」

對方的聲音似乎有點著急，不曉得發生什麼事情了。

「在哪邊？」注意到對方好像不對勁，虞因皺起眉準備敲定地點。

「永皓他家外面有棟紅色大樓的樓頂行嗎？」

「沒問題。」

敲定了地點之後，虞因收了線。

不曉得對方爲什麼會突然那麼緊張，他先打了封簡訊給大爸知會說不回家，理由方面照舊是隨便搪塞過去的。

就在準備發動摩托車時，虞因猛然看見從剛剛的巷子裡，搖搖晃晃地走出一個人……應該是說一個「好兄弟」。

有點緊張對方會朝他走來，虞因原本正要發動車子逃逸，但那東西一點也沒有搭理他，以一種極度詭異的步伐就這樣離開了。

一切都顯得非常莫名其妙。

他也是來找自己遺失的東西嗎？

虞因很想這樣猜測，不過他也很怕跳樓的屍體纏上他，沒有跟著對方離開的路，他選擇了從反方向離開。

對了，如果那天陳永皓是把彩券帶在身上的話……那就只有一種可能。

他應該是遺失在那棟大樓了。

□

「阿司，等等！」

下午返回局裡之後，虞佟先請了公文，就直接轉往法醫工作室，正好碰見某人要出門。

「有事情嗎？」通宵工作的嚴司難得一邊打哈欠，一邊精神不濟地瞥了他一眼：「我連續站了三天，快睡著了……」最近一定是有人要整他們，送來的屍體每個都急，想偷懶也沒有辦法，好不容易有時間偷空回去睡覺。

「你三天沒睡？」虞佟愣了愣，有點意外。

「對啊，你家老大眞是壓垮駱駝的最後一根稻草，再不回家睡一下，我肯定暴斃。」沒事突然塞了兩個急件，也不想想工作室的人手已經嚴重短缺了，還這樣玩。

「……所以你最近沒有遇到小聿嗎？」

嚴司看了他一眼，「我才想說假日去找他玩，小聿最近怎麼了嗎？」他最近忙到快翻過來了，連偷閒喝飲料的時間都不夠，哪還可能找人。

心中估量了一下，虞佟微微笑了笑，「沒事，隨便問問。我本來想拜託你幫我開個工作，可是看你這麼累，還是找別人好了……」

「哪件？」振了振精神，嚴司稍微舒鬆一下筋骨問道。

「陳永皓的。」把手上的資料遞給對方，虞佟在旁邊飲料機投了兩瓶罐裝飲料。

「他不是結了？梧桐驗的。」依稀有點印象，嚴司打了個哈欠，精神不是很好地把資料上的檢驗都瞄過，「驗出來是生前墜樓的，沒有抵抗痕跡，指甲沒有細物。」

「對啊，本來要以自殺結案。」

「不結了？」把手上的資料歸還，嚴司挑眉看著他。

「嗯，追查到一些疑點，跟負責的檢方請示過，所以想重新調查看看。」頓了頓，虞佟一想到早上查到的事情，就又有點頭痛。

盯著對方看了半晌，嚴司拉開飲料拉環：「好吧，勉爲其難幫你重驗吧，你要記得請客。」說完，一邊打著哈欠，一邊往休息室那邊走去，「我去睡一下，送來時再通知我。」

「謝了。」

確定後，虞佟站在原地撥了通電話到陳家，他想，這個案件，陳家應該會很願意配合重新驗屍……

幾分鐘之後，他很快敲定得到喪家的配合。

就在轉頭先回去處理些事務時，塞在側背包的手機又響了起來，不是電話而是簡訊聲。

想也不想翻看了簡訊之後，虞佟微微皺起眉。

上面的簡訊是很眼熟的字眼，跟之前收到的那幾通差不多，他一邊蓋上手機，一邊往樓上走。

沒多久，手機簡訊的聲音又傳來，依然是同一句話。

「幫我找我的東西。」

看著上面重複的字句，虞佟揉揉頭。

已經要找了不是嗎……好吧，掉了兩千多萬，他知道很緊急，可是也要仔細才能找到。

才剛轉上階梯，那簡訊又傳來。

拿出手機，虞佟沒好氣地看著死命撥來的簡訊，然後想起了一件事。

那天陳永皓是在彩券行前面講手機的……而且又講了好一段時間，或許他的通聯記錄裡可以查出點什麼？

一想到這邊，虞佟立即翻出手機，撥通另外一支電話。

不用幾秒，電話那頭就給人接通，是正在忙碌的背景聲音。

「玖深？可不可以麻煩你幫我一個忙？」

對方應了聲。

「幫我把那支有鬼的手機給──別尖叫，幫我查它的通聯記錄，我要重新追查這案子。」無視於對方正在哀嚎，把事情交代完之後，虞佟很快掛掉電話。

假使可以在通聯紀錄中找到點什麼就好了。

虞佟深深期望著。

□

當晚八點半，虞因依約來到陳永皓家附近的大樓。

還沒踏入，他就在門口巧遇了行色匆匆的楚晉禾，對方見到他也是一愣，接著什麼也沒有說，拽著他的手臂快步走進大樓電梯。

舊型的大樓有守衛，但可能以爲他們是住戶，並沒有多問。

「你突然找我幹嘛？」虞因看著站在電梯裡的另外一個人。

他的神色看起來很怪，跟昨天比起來差很多，感覺上有點青白倉皇，不曉得昨天後來還遇到了什麼事情。

「那個……其實昨天你們走後，我待到半夜三點多，自己重新開了一次錢仙。」楚晉禾捏緊了拳頭這樣說著。

虞因皺起眉，「你自己一個人玩？」一個人玩得起來？

「嗯，而且立刻就請來了。」像是想到昨晚的事情，楚晉禾說話時有點緊張。「可是請來的東西讓我感覺很奇怪，他要我去找東西，然後就自己回到本位。」

找東西？

虞因突然想到陳永皓那堆討人厭的簡訊。

「那麼結果你找到什麼？」看他的樣子，不像是找到什麼好東西。

「也不能說找到什麼，我覺得我好像聽到不該聽的東西。」楚晉禾抹了一把臉，這才注意到自己竟然忘記按電梯，就伸手按了頂樓鍵，「我順著方向走時，結果在他家後面的巷子……別戶人家牆邊聽到有聲音，然後有兩、三個人在對話跟挖東西，一邊挖還一邊說什麼

『早說先收錢再把人做掉，現在弄成這樣子，要等條子的風聲過了才能收尾。』」

風聲？

「你有看到裡面的人嗎？」不知道爲什麼，虞因總覺得事情不太對勁。

「沒有，本來想看，結果那些人注意到我在外面就追過來，我好不容易才甩掉他們。」想起清晨時的慌張，楚晉禾滿頭冒出了冷汗，「那時候太緊張了沒注意看，反正不是什麼好人就對了。」

沉默半晌，虞因皺起眉，「你還記得是哪一邊嗎？」

「記得。」楚晉禾點點頭，「就在永皓他家後面而已，一轉過去就會看到一戶人家種滿樹，門外放了金桔。」

那應該不難找。

等等，巷子再過去？

那不就是麵攤老板說，晚上會有奔跑聲的地方嗎？

打點著要怎麼做，虞因才抬頭起來詢問：「我很好奇的是，你爲什麼找上我？」

他不認爲自己跟楚晉禾是什麼太好的朋友，或許連朋友都稱不上。

「……是永皓告訴我的，今天清晨時我收到簡訊……你可能不相信，是永皓的手機傳來的，他叫我一定要來找你。」

電梯猛然一停頓，楚晉禾等門開了就往外走，虞因自然也很快跟上。

晚上八點多，頂樓沒什麼人，甚至連燈也沒有打開。

像是很熟悉這裡的環境，楚晉禾隨手開了燈之後，領著他走到頂樓天台邊。

一眼望下去，底下的景物清晰異常，不過因爲是夜晚，視線還是比較不佳。楚晉禾在圍欄邊停了下來，看著底下的萬家燈火：「我以前常跟永皓來這邊，因爲一些事情，所以我長期受他幫助，後來有空我們就常常來這裡看夜景。永皓說過，他不管是高興還是難過時，都會來這邊，看到這麼多燈，他的心情就會跟著平靜下來了。」

跟著放眼眺望，虞因看見滿街都是暖暖的燈，果然視野很不錯。

「嘖，兒子死了，他老爸也沒見個影子。」楚晉禾瞇起眼，猛然一臉不屑，「他家的債都是那傢伙欠的，跑了快半年了，連個屁都沒看到，兒子掛了還要外人幫忙，眞不知道有那種老爸幹嘛。」

「你見過永皓的父親？」盯著楚晉禾的側臉，虞因突然眼皮跳了跳，感覺好像有發生過什麼事情。

「見過兩、三次，都被錢莊的流氓追著跑，滕大哥擺平了他家債務之後，可能還在外面有欠，流氓沒動他家，追著他老爸，聽說已經很久沒回家了。這種人不要回來也好，不然他家現在只剩他媽跟他妹，也不知道該怎麼辦了。」

一邊聽著，虞因一邊四下左右看了一會兒，注意到他們兩個站的地方旁有個飲料空罐。

順著他的眼睛看過去，楚晉禾突然勾了笑容：「大概是永皓死前來過這邊，他最喜歡喝這個難喝死的甜飲料，現在超商都不批了，好像要他家外面的雜貨店才有。」

盯著那個飲料罐不放，虞因突然覺得可能找到了些什麼。

就在若有所思時，楚晉禾突然倒抽口氣，拉著他往後退了兩、三步。

「怎麼了？」虞因注意到他臉色整個都白了，連忙詢問。

「那些人找到這邊來了。」指著下方，楚晉禾連連倒退。

虞因大著膽子探出天台，果然看見四個人在樓下走來走去，神色不善，好像在找些什麼。很碰巧的是，他對這四個人實在是眼熟到不行──昨晚麵攤上找碴的人。

「你確定是他們？」底下人沒有注意到頂樓，虞因不動聲色地回過身離開天台邊。

「嗯，沒看清楚人，聲音跟衣服倒是記得很清楚，是那票人沒錯。」

如果因爲這樣就追著他不放的話……

虞因突然覺得這批人有問題。

「我看你這兩天暫時住我家好了。」一說出口，他立即看見楚晉禾錯愕地看著他，衝著對方一笑，虞因聳聳肩說著：「放心，他們絕對不敢進我家。」

除非想找死了。

因爲他家有尊比門神還要可怕的人在啊。

「眞的可以嗎？」顯然也懼怕那些人，楚晉禾重重吐了口氣，連忙追問。

「放心，沒問題的。」拍拍對方的肩膀，虞因笑了笑，這樣說著：「你只要別讓我大爸、二爸起疑就好了。」

「啊？」

第二天一早，先發現不對勁的是一向早起的虞佟。

要注意到很簡單，一眼看過去客廳，就看見一件不是他家的外套出現在掛衣架上……

「大爸早。」難得也起得很早的虞因，從自己的房間走出來，還不忘帶上門才下樓，注意到他的視線之後，就搔搔頭：「那是我朋友的，他有點問題，所以我帶他回來住幾天。」

虞佟看了他一眼，「很大的問題嗎？」

「欸……我想其實也還好啦，就是路過時被流氓找碴，我看那些流氓可能這兩天還會找他麻煩，就留他在我們家住幾天。」瞥了一眼自己的房間，虞因這樣說著：「昨天晚上回來時太晚了，還沒整理客房，就讓他先睡我房間了。」

「這樣啊，如果問題真的很麻煩的話，你可以帶他去跟你二爸做個備案比較好。」沒有多追問，虞佟知道在這方面，自家兒子不會隨便胡來，就讓他自己處理了，「那你先去幫他整理樓上客房，我先去弄早餐了。」

說完，兩個人就各自處理自己手上的事情。

沒一會兒，聿一邊揉著眼睛，一邊往浴室裡鑽。沒多久，那個已經趕件好幾天的虞夏，難得早早出現在客廳裡。「我要咖啡。」說完，整個人往廚房旁邊一掛。

「空腹不要喝咖啡。」塞杯果汁給他，虞佟把人推出去，「再給我五分鐘，快好了。」

最後，是那個虞因帶回來的人，一臉疑惑地出現在房間門口。

虞夏是第一個注意到的，「阿因的同學喔？」指著那個也是剛睡醒的，他一邊喝著果汁，一邊問道。

「呃，不好意思我來借住幾天……你是虞因的弟……」剛睡醒的楚晉禾還沒講完，就給衝上來的虞因一把捂住嘴巴。

「這是我二爸。」幸好剛剛「弟弟」二字沒給他講完，不然今天早上會很有意思。虞因捏了一把冷汗，說：「這位是楚晉禾，來借住幾天。」

「喔。」上下打量一下臨時出現的借住者，虞夏聳聳肩往餐廳走，顯然沒有太大的興趣去管對方是阿貓還是阿狗。

楚晉禾一臉疑問地看著虞因。

「剛剛那個是我二爸，也是叔叔，等等戴眼鏡的是我爸，還有個小鬼是我弟，誰叫錯都可以，就是不可以叫我二爸是小弟弟，他會把你給宰了。」虞因小聲地在他旁邊說著，「我幫你在樓上準備好客房，你這幾天就先住我們家，我會幫你注意看看那票人是怎麼回事。」

點了點頭，楚晉禾稍微看了一下客廳裡面的人，什麼也沒講。

幾乎是在同一時間，盥洗後的聿走出來，微微點了頭，算是打過招呼之後，就往廚房繞過去幫忙端菜。

是個很和平的早晨。

一家四口加上一口坐在餐桌旁邊，桌上擺滿了西式的早點，麵包、濃湯什麼的一應俱全，讓在外面住宿的楚晉禾，突然感覺到有家庭其實是件不錯的事情。

「對了，夏，你手上那宗案子現在進度如何了？」就算是多了一個人，虞家還是一如往常地利用早餐時間稍微交流。

「喔，還不是那樣子，要抓的人不知道逃到哪邊去了，凶器也沒下落，有可能已經逃到外縣市去了，這下子要找人就很好玩了。」把麵包塞進口中，吃得很匆忙的虞夏這樣說著：「不過，已經從幾個人嘴巴裡探出口風了，好像也是在西區一帶混的傢伙，看看運氣好一點的話，搞不好還有辦法把那傢伙揪出來。」

一聽到這種對話，楚晉禾馬上抬起頭看著虞因：「你二爸是警察？」他想，絕對不可能是偶像明星在唸對白吧。

「阿因沒跟你講嗎？」放下碗，虞佟疑惑地看了虞因一眼，「我們兩個都是警察。」對了，難怪他總覺得這個人有點眼熟，好像在陳永皓的靈堂前瞥過一眼。

楚晉禾看著虞因，用一種「你欺騙我」的表情。

「啊哈哈，別介意啦，我忘記講而已……」知道對方對警察反感，虞因乾笑了一下，「對了二爸，說到流氓，他也被流氓追。」快快轉移話題，他提供一個大家有興趣的事情。

「流氓？」虞夏果然看向家裡的新客人：「哪邊碰到的？要不要形容樣子，這一區的很多都是老面孔，沒大事情的話，可以幫你擺平。」

「沒什麼特別的事情，我想過幾天他們自己會走。」不太想跟警察多談這些事情，楚晉禾低聲地說著。

「好吧，不強迫你，有事情叫阿因打個電話，我會幫你解決。」聳聳肩，虞夏將剩下的湯灌到肚子裡站起身，「我要去局裡了，先走，拜。」語畢，就跟平常一樣匆匆地出門。

過沒多久，虞佟也站起身：「我今天也要比較早去工作，阿因，中午見。另外有備份鑰匙，你可以借你朋友用。」說完，稍微收拾一下桌面後，就很自然地離開了。

整個屋子就剩下三個人。

吃過早餐之後，虞因領了楚晉禾上去看客房，而聿則自己一個留在下面看他的電視。

「你怎麼不先告訴我，你家都是警察。」一到樓上，楚晉禾就揪著他的肩膀說。總有一種上當的感覺，因為他一直很不相信警察，結果居然跟警察的兒子混了好幾天。

「我不是因為我老爸是警察才接近你的，可是你一開始如果知道，會這樣想嗎？」虞因笑笑地看了他一眼，推開房門。

「現在知道我也會這樣想，你明知道我對永皓那件事的警察意見很大，你還故意騙我。」皺起眉，他有點惱怒地說著。

「我沒騙你啊，你又沒問我老爸是幹嘛的，就像我也沒問你一樣。」其實自己眞的是稍微有騙，可虞因絕對不會乖乖說出來。「放心吧，我老爸們都不會多問事情，你只要不提，他們也不會管你，你暫時住下來，早餐大家都是一起吃的，中餐自己照顧，晚餐要隨機。」說著，把備份鑰匙拋給對方。

「你就不怕我把你家搬光嗎？」看著手上的鑰匙，楚晉禾皺起眉。

這家人也太相信別人到了莫名其妙吧。

「既然是我大爸說可以那就是可以，反正你搬光會有一堆警察到處找你，你敢搬就儘量搬吧。」首先二爸就會追他追到天邊了。

楚晉禾笑了笑，又冷哼了一聲：「你們家眞奇怪，可是我是不會放棄對警察的偏見。」

「隨便啦，對警察有偏見的人很多，不差你一個。」習慣的虞因拍拍他的肩膀，「房間如果有缺東西可以跟我大爸說。對了，你應該也要上課吧？」

「……我幾乎都是空堂，現在打工比較多。」抿抿嘴，楚晉禾有點不太甘願地說著。

「大四了喔？」

「嗯。」

稍微又交談了一下，虞因把人留在樓上慢慢看房間，自己就先下樓了。

上午八點多，聿已經出門了。

不過，那個小鬼最近到底都在搞什麼啊？

□

上完上午兩堂課之後，虞因很快來到虞佟工作地點樓下。

早飯時，他老爸突然說了句中午見，他想，應該是有什麼事情不方便在楚晉禾面前說，所以一到中午，他就自己滾過來報到了。

正午十二點，正想打電話叫人時，虞佟已經很自動地出現在樓下，看到他時有點愣了一下：「我還以爲你會拖到午餐之後才來。」

「嘖嘖，我來讓你請午餐的，自己花錢太笨了。」虞因咧了笑，擺明是來吃霸王餐的。

「沒問題啊，請你，不過要等一下。」

敲了一下他的頭頂，虞佟看了一下局裡門口，沒過多久，另外一個人匆匆地跑了出來，「阿司，這邊。」

剛整理完東西的嚴司招了手，然後快步走過來，第一眼就注意到某個不屬於這邊卻常常出現在這邊的人：「午安啊，被圍毆的同學，最近有沒有締造新紀錄？」

白了對方一眼，虞因沒好氣地回了話：「午安，嚴大哥！」咬牙切齒地送給他。

「我們到對面吃飯吧。」指了對面的義式餐館，虞佟笑笑地推著兩個人走過馬路。

進了店裡後，三個人在偏僻的角落坐了下來，各自點了焗烤和麵以後，才進入正題。

翻出帶來的資料夾，嚴司轉著冒著水珠的大飲料杯，先給自己呼了口氣休息一下，才接著說：「這是我重新驗過的驗屍報告，就跟梧桐驗過的差不多，依然是死前墜樓，指甲裡面沒有異物，也沒有其他可疑的打鬥傷痕。」

拿起了桌上的資料翻看，虞佟皺起眉。

餐廳裡播放著優雅的音樂，因爲是用餐時間，好幾個不同部門的人也跟在後面進來，彼此打了招呼之後，各自在不同的地方落座。

外場的工作人員手腳很快，一下子就把飲料跟餐前開胃菜都上了桌。

「不過，我倒是覺得有個奇怪的地方。」抛著小圓麵包，嚴司這樣告訴另外兩人：「梧桐是寫摔下來時造成的傷口，可是我看過覺得有點不像。」

「不像？」虞佟抬起頭。

「哪種傷口？」虞因也立即追問道。

嚴司把麵包塞到嘴巴，然後舉起雙手做出投降狀，手掌朝著另外兩個人：「手指上面有類似快速摩擦過的痕跡。」

「手指？」

翻了翻資料，虞佟果然在上面看見相關的相片以及文字說明。

十根手指上出現像是擦傷的痕跡，十根手指都是，幾乎有種差點被磨掉一層皮的錯覺。

「聽說在現場沒有找到任何掙扎痕跡，而且手指甲裡也沒有異物，梧桐認爲可能摔下來時，在撞上地板或是牆壁時不小心傷到的。可是我覺得不管怎樣撞，也不太可能會有這種傷痕，除非這位老兄在墜樓之前就已經有傷了。」

差不多講到一個段落，正好工作人員給三個人送上了餐點。

餐點的熱氣騰騰遮蔽了中間無色的空氣，白白的有點朦朧。

「如果他在墜樓之前有傷，應該多少會包紮，不過我今天早上看了超商的監視錄影帶裡面，他手很乾淨，完全不像有受傷的痕跡。」放下了資料夾，虞佟微微皺起眉，然後拿下會起霧的眼鏡。

「你不戴眼鏡時，跟老大簡直完全分不出來了。」拿著白銀色的叉子捲著麵條，嚴司拋來一句完全不相干的話。

「沒辦法啊，我視力不好，不過早年我剛進警局時沒戴眼鏡，就常常有人認錯。」勾起了笑容，虞佟拿過衛生紙擦了擦叉子、才撥弄了盤裡的焗烤麵。

「你一開始視力很好喔？」嚴司挑了挑眉，很有興趣地問了一下。

「我大爸跟二爸以前的視力都是掛二點零的。」坐在旁邊努力戳著焗烤的虞因拋過來這樣的話。

「哇靠，難怪老大每次揪犯人都那麼恐怖，原來視力好也是必要的。」很有印象虞夏大老遠就可以看到某某某嫌犯，然後火力十足地殺過去抓人，嚴司笑了笑：「那阿佟你視力怎麼變差了？被大魔王吸取養分嗎？」

虞佟笑了，「哪有可能，我在幾年前出過一次重大車禍，那時候撞到眼睛，後來傷好了，視力也掉了，這可沒辦法，有命留著就要偷笑了。」

聞言，嚴司抬起頭，在兩父子中間來回掃視了一眼，接著什麼也沒有繼續問下去。

隱約地，他感覺到這不是一個可以在午餐時愉快聊天的好話題。

一開始的騰騰熱氣消散了，四周又充滿優雅的音樂聲和越來越多的客人聊天聲。

「對了，大爸，你剛剛說早上看了超商的監視畫面？」虞因咬住叉子，想到剛講過的事。

「嗯，我調了幾件相關的錄影監視，想看看有沒有什麼線索。」

「那借貸公司的呢？」

「打算下午看。」停下了手邊動作，虞佟轉過頭看他，「你也想看？」

「嗯嗯，反正下午沒課……」打工那邊請人幫忙代個班，應該就不是問題了，虞因在心中這樣自己盤算了一下。

「那我也要看。」在旁邊的嚴司卡了一腳過來。

「你不是法醫嗎？」虞因瞥了他一眼。

「學生都可以看了，爲什麼法醫不行看啊。」講得理直氣壯，嚴司哼哼地說著：「而且本人我呢，從現在一直到後天都是放假的，很有時間玩。」他連續被操了四天的回報。

工作室那邊全告一段落後，上面就給他假期。

不是他要說，要是操四天四夜放兩天兩夜這樣繼續玩下去，嚴司打算在自己掛掉之前先請辭，比較有個人生命保障。

「是沒關係，不要被上面知道就好。」虞佟笑了笑，這種畫面挺常見了，大部分同僚都會睜隻眼閉隻眼，不要被頂頭的人抓到就行了。

「那就這樣決定囉。」說著，嚴司拿起了帳單。

「等等，說好我請的。」壓下單子，虞佟微微笑了笑：「慢慢吃吧，點心沒上桌呢。」

嚴司聳聳肩，放開手。

「阿因，你那個朋友是不是不喜歡警察？」

話題一轉，繞回了今天早上的事情。

虞因點點頭，將盤裡最後一口吞下去，「他好像是陳永皓的好朋友，對於自殺調查一直很不滿意。不過我覺得，應該之前也發生過什麼事，那種態度不像只因爲對調查不滿意。」

他注意到楚晉禾寧願被流氓追，也不想找警察幫忙，的確很怪異。

「嗯……不過在當事人自己願意尋求幫忙之前，我們還是不要插手比較好。」尊重個人意願的虞佟在心中打算了一下，說道。

「我知道，不過那傢伙也算是不錯的人啦，這年頭要找到這麼義氣的朋友也不多了。」

虞因笑了一下，對方對於陳永皓事情也算很盡心盡力。

虞佟點點頭，沒繼續聊下去。

總之，還是以眼前的事情爲重。

□

下午一點，放映監視帶的螢幕前擠了三個人。

那是借貸公司調出來當天的監視器。

「這樣看起來，除了陳同學之外，出事的那一天都沒有人到頂樓。」同時借來電梯跟樓梯口兩支監視帶，虞佟將螢幕停格在他上去之前的畫面：「看電梯表就知道了，最多停在頂樓的下一層，另外上面的樓梯門一直都是關著的，有開的只有同一層跟一、二樓。據說是因爲業務有時候趕時間，所以會跑樓梯，其他樓層就都是關閉著，沒有人上去的跡象。」

盯著畫面，虞因伸手按了倒帶鍵到前幾分鐘：「那個丁維翰在陳永皓上樓之後有等電梯。」畫面停止在陳永皓進電梯之後，另一個業務員走過去看了電梯表半晌就離開。

「喔，關於這個我們有問過，他剛好要出發去送件，等了一下之後，不想等就走樓梯了。」虞佟點了點另外一台螢幕，沒過多久，丁維翰的身影就出現在樓梯口進去，「接著就發生了跳樓的事情。」

「原來是這樣。」虞因看了看，點頭。

「這樣一來，就沒有別人上頂樓的證據……我想會不會有外來者？」虞佟將畫面時間轉到更早之前，「那天在一樓出入的人還滿多的，不曉得有沒有人混上頂樓。」

嚴司坐在旁邊咬著吸管，然後舉起了好孩子發問的手，「虞佟，你不是說他身上應該有彩券，那墜樓下來之後，有沒有其他的人接近屍體啊？」

換了另外一捲，虞佟幾個人又仔細盯著螢幕。

「糟糕，有好幾個。」揉揉額頭，虞佟看著螢幕上有人墜下後，來往好幾個人嚇得退開，圍繞一圈，有些人則是大膽靠近後搖了搖頭又退開，接著附近的巡警出現了，將人潮隔開。

「加上警察跟救護人員、現場蒐證。」嚴司騰出一隻手拍拍他的肩膀：「如果他身上眞的有帶那張彩券，而又不見了，我看你要找到頭大了。而且也很可能在跳樓時飛出去，搞不好撿到的人還差了十萬八千里。」

虞佟橫了他一眼，不過同時也知道，對方講得一點也沒錯。

假如掉到一半飛走了……也不是沒可能。

「如果是我，我才不會抓著兩千萬跳樓讓它飛走。」虞因哼了哼，插入話題。

「這樣說起來也是啦，畢竟兩千萬不是小數目，跳樓飛走的話就太有趣了。」史上第一個被兩千萬砸到的路人不知道會是誰喔。

看著嚴司跟自家兒子討論了起來，虞佟微微笑了笑，拿下眼鏡稍做休息，接著又把監視錄影帶重新播放了一遍，然後他注意到一個奇怪的畫面。

這個是——？

就在虞佟想要重放一遍時，外面突然乒乒乓乓地衝進來一個人，聲音之大，讓其他也專心在工作的同僚都白了來人一眼。

「虞佟，我查完了。」一邊向四周的人道歉，那個人拿著資料，一邊往這裡走過來。

「通聯嗎？」虞佟站起身，接過了資料本。

「對喔，本來早上就想拿過來給你了，不過臨時被叫出去，不好意思。」玖深搔搔頭，有點尷尬地笑了笑，然後才回到正題，「通聯記錄上，他最後一個聯絡的人是滕祈，就在跳樓那個時候打的，掛掉之後不到五分鐘就掉下去了。」

滕祈？

虞佟皺起眉，「他在口錄裡沒有提過這件事情，那稍早之前呢？」

「稍早之前，陳永皓也打過一通電話給他，這點沒有錯。」玖深看了其他兩人點頭打了招呼，繼續講他的：「最後這一通滕祈沒有接，大概響了幾次之後，就轉入語音信箱了。」

「語音信箱……」這樣說起來，如果陳永皓有講什麼的話，滕祈手上應該有這些東西。

可是他不明白，爲什麼滕祈沒有告知這件事情？

「我順便查過，語音留言有長達三十秒左右的留言，可能你們要去詢問本人，不然就是拿到公文才可以去調出來。」

「明白了，謝謝你。」虞佟點點頭，表示知道意思。

「那我繼續去忙了，有事情再叫我就好了。」順便跟另外兩個人揮了下手，玖深又急急忙忙地離開。

翻了翻通聯資料，虞佟呼了口氣。

「是不是有必要再跑一趟借貸公司？」嚴司湊了上來，接過資料大致上看了一下。

「嗯，如果有留言的話，我想有必要跟滕先生借來看看，是否有任何值得注意的地方。」越想越覺得這個人怪異，虞佟總覺得這人應該知道些什麼，可是在查詢的時候，他又避得很開，表面上看起來是很合作，但是其實有很多疑點。

就在虞因正想說他也要去時，丟在包包裡的手機突然響了起來，「我出去接一下電話。」翻開看，是楚晉禾，他拿了手機就快步離開室內。

不知道這個人現在找他幹什麼。

離開走廊之後，到了逃生門一帶，他才接起了手機：「我虞因。」

「你今天晚上有沒有空？」

「幹嘛？你又想去玩錢仙嗎？」靠在逃生梯旁邊的牆，虞因隨口問了聲。

「不是啦，我剛剛收到簡訊，寫說叫我們今天晚上七點的時候，一定要再去一次靈堂。」楚晉禾這樣說著，後面傳來一些聲音，聽起來有點像是旅館之類的招呼聲。

「什麼簡訊？」虞因皺起眉。

「我現在傳過去給你。」

說著，電話就掛上了，沒有幾秒鐘之後，虞因就收到一則簡訊。

開啓來看，上面簡短地寫了幾個字：「晚上七點到我家，一定要來。」署名是陳永皓。

虞因有種頭痛的感覺，然後回打了電話，對方很快就接上了，「我覺得你也不用玩錢仙了，你的手機比錢仙還要通靈，問問他下一期彩券開幾號比較實際。」

「別開玩笑了，你來不來？」

「你昨天不是才惹到流氓，不怕去了之後再遇到那些傢伙嗎？」虞因皺起眉，想到可能的危險性。

「既然是永皓叫我去，那我就一定要去。」對方堅持得很。

看來不走一趟好像不行，「那好吧，七點在他家碰頭，你不要自己隨便亂來。」

「好，那我先掛電話了，晚上見。」

說著，手機就掛掉了。

收起電話之後，虞因突然覺得這兩天還眞是忙碌。

就在他正想離開樓梯間、回去繼續看監視錄影時，猛地看見自己身邊由後竄出兩隻蒼白的手，抓住他硬生生就是往後一撞。

根本來不及反應的虞因，整個背撞在牆上，痛得眼睛都花了起來。

他想起他後面是牆壁，不可能會有人跟他這樣惡作劇……

極大的聲音，引來旁邊路過的警員好心過來查看：「阿因，你有沒有怎樣？」

揮了揮手，虞因勉強咧了下笑，「沒事，只是滑倒而已……嚇我一跳。」揉著背站起來，他有種搞不好會瘀青的感覺。

「你要小心一點，要是撞到腦震盪了，我們也很難跟你家老大交代。」員警笑笑地拍了拍他的肩膀，這樣說著。

「不用交代，我二爸會先笑死吧。」

「也是，那我先走了。」看他似乎真的沒事之後，員警抱著資料轉進逃生梯，前進了兩步之後就往樓下走去。

盯著員警離開，虞因突然注意到一件事情。

等等，該不會剛剛監視畫面裡有那個問題吧……？

「阿因，你要不要去借貸公司？」

就在虞因注意到某件事情時，後面傳來問句聲，一回過頭，看見已經準備好的虞佟、嚴司兩個人站在後面，「要去就快一點，我剛剛已經聯絡過滕先生了。」

「等我一下。」匆匆跑去拿了背包出來，虞因很快就跟上兩個人。

「被圍毆的同學，你走路怪怪的，是不是哪邊痛？」眼睛很利的嚴司等待電梯時，順口問了一句。

「沒啥問題啦，剛剛不小心滑倒，撞到牆壁而已。」

「你眞容易受傷耶，要不要買份平安保險啊？我有朋友專門做這個的，幫你介紹。」嚴司很夠義氣地拍了拍他的肩膀。

虞因沒好氣地推開他的手，「免了，心領。」這是在詛咒他常出事是吧！

「阿司，開我的車就行了。」打斷兩個人無聊的對話，虞佟拿出車鑰匙笑笑地說著。

「好啊，我也懶得開，這兩天做到手都快發軟了。」跟著踏出電梯，嚴司咧了嘴笑道。

「哈，你要不要去保個職業傷害險，我知道有很多家都在做這個，可以幫你介紹。」逮著機會，虞因很爽快地回報。

「欸，別學我講話！」

幾個人打打鬧鬧之後，好不容易虞佟在吵雜中，把車開到了借貸公司。

下午時間依舊，這次樓下有空車位，不用再停到對面去走一段路。

「原來就是這邊啊。」下了車之後，嚴司抬起頭看著高高的廣告看板。

還沒進去，就已經有個小姐走出來，是上次在樓下招待他們的那一位，「三位好，滕先生已經吩咐我們了，他現在正在樓上等各位。」

「不好意思，麻煩你們了。我們自己上去就可以了。」虞佟禮貌性地點點頭，然後在一樓一堆目光之中，直接按了電梯上樓。

「我怎麼覺得今天這裡的員工怪怪的。」小聲地在自家老爸旁邊說著，虞因沒有忽略一樓員工的目光。

「大概是因爲有來調監視畫面吧，所以他們才覺得奇怪。」很習慣這種氣氛，虞佟在電梯打開之後，逕自先走出去。

出了電梯之後，滕祈不曉得已經在外面等多久了。

「滕先生。」禮貌性地點了頭，虞佟勾起了微笑：「不好意思，又要麻煩您了。」

引著一行人到自己的辦公室內，滕祈照樣泡了茶水：「這次有什麼事情嗎？」

看著對方還是不變的微笑，虞佟微微挑了挑眉，「我們查出陳永皓同學在墜樓之前，曾經有留言給您，爲什麼您沒有告訴我們這件事情？」

他問得很直接，不想浪費時間。

滕祈轉過身看了他一下，沒什麼特別的表情變化：「忘了有這事情，你知道我們這種工作電話都很多，留言也一樣，大概是沒有注意到吧。」說著，就把自己的手機遞過去：「你可以聽，如果有需要的話，我還是完全配合。」

接過手機，依照留言時間順序，虞佟很快就找到了那通留言。

很短暫，就像玖深說的一樣。

「旁邊有擴音功能。」端著茶水過來，滕祈很客氣地這樣告訴他。

打開留言之後，一個很清晰帶著高興的聲音傳來：「滕大哥，你還有多久才回來？我快等不及要把欠款清掉了，你一定猜不到我也有這麼好運的一天……」

接著電話斷線，終止得莫名其妙。

那是陳永皓的聲音，虞因聽得非常清楚。

他的聲音突然停止。

四周像是安靜了下來，沒有人講話，只聽見手機終止後細微的聲音。

虞佟揉揉額，然後看了一眼站著的滕祈：「滕先生，我想這通留言我必須帶走當作證據。」有這通留言，他幾乎可以確定陳永皓應該不是自殺的了。

「請便，不過我可以把電話轉接到別支手機吧？」笑容可掬，滕祈沒有不悅的神色。

「當然可以。」虞佟站起身，點了點頭。

「不好意思，我們想再借看一次你們的頂樓。」同樣也跟著站起身的嚴司這樣說道：「因爲有點問題，所以可能要再重新調查過。」

「沒問題。」點了點頭，滕祈按了室內電話告知櫃檯小姐。

「啊，我們要走樓梯。」搶快一步，虞因連忙說著。然後，不曉得是不是錯覺，他似乎看見他老爸瞥了他一眼。

可能覺得有點奇怪，滕祈頓了一下，然後點頭，「沒關係，如果不介意麻煩的話。」

「我都可以啦。」嚴司聳聳肩，先轉出了室內。

「那好吧，這邊請。」

領著路，滕祈帶著三個人往樓梯間走。

就跟一般的上下梯設計一樣，這層樓一轉出門口右邊，就是往上的階梯，往前走一小段就往下，樓梯收拾得很乾淨，還貼上了逃生指標。

虞因稍微打量過一下後，確認了某件事情。

他注意到有問題。

因爲只跟頂樓相差幾層，所以四個人沒花多少時間就走到頂樓天台。

上次臨時不適，所以虞因今天是第一次看見這地方。

跟樓梯間一樣，頂樓也收拾得乾乾淨淨，就像一般頂樓一樣，四周是水泥白漆的牆面，地上有著隔熱板。

天台不大，和下面的空間差不多，後半塊種了不少花草，前面往下看大約半層的地方有塊大招牌。

「這裡環境還不錯嘛。」嚴司左右張望了下，看了那些茂盛的花草，說了第一感想：「中秋節烤肉應該很適合。」

「我們公司去年的確是在頂樓烤肉，可惜出席率不高。」搭上話，滕祈笑笑地告訴他。

「嘖，我們去年在太平間過中秋節，有夠煞風景的。」職業為不定期休假的人，發出不知道是不是抱怨的感想。

虞因很想告訴他，自家二爸去年中秋是在攻堅度過的，趁著通緝犯正在烤肉時，一舉整個抓下來。當他跟大爸提著宵夜跟月餅去局裡時，整個訊問室都是烤肉香氣。

就可憐了那天沒放假的員警，還得忍受那些香味用力問出話來，每個人心中都充滿想把通緝犯毆打一頓的衝動。

「陳永皓是在這邊墜樓的。」虞佟站在前面的牆邊，這樣說著，正好就離大招牌不遠處。「牆內牆外都沒有任何痕跡。」

虞因靠過去，看向擋牆外面。那面牆其實不算高，但是也不算低，剛好接近他腹部的高度。不過如果有人要跳樓，一定還是得爬上去才可以。

那麼就是說，多少應該會留下點什麼才對……

就在虞因低頭往下看時，他整個人愣住。

有一張臉朝上面對著他。

蒼白到幾乎可以看清楚血管與青筋，從樓下的窗戶探出來，整張臉正正地朝上面對他。

下意識知道，人不可能從窗戶仰著看他，虞因感覺整個背脊發寒，目光怎樣也收不回來。

他立刻就知道那張臉是誰，對方用突出的眼睛死死盯著他看，然後緩緩張開嘴巴像是要說什麼，可什麼聲音也沒有發出，一張一闔地動了好幾次，眼睛連眨也沒有眨過半分。

然後他發現，底下的那個人不是靠在窗戶下面，而是身體貼著窗戶的上緣……他們的距離很近，近得那張臉朝他伸出了一樣蒼白的手時，竟然好像可以抓到他的衣領。

那雙手的手指有擦傷，然後崩裂出紫黑色的血水，緩慢地開始腐化。

而恐怖的是，虞因看見那隻手離自己的眼睛越來越近，差不到幾公分的距離。

「阿因！」

就在他想拍開那隻手時，突然有人從後面抓住他的肩膀一拉，「小心一點，不要摔下去了。」回頭一看，是虞佟皺著眉在看他。

「小心一點，這邊牆不算高。」滕祈走過來說道：「之前鬧太過火時，還有人差點摔下去，有點危險。」

轉頭看了一下剛剛站的地方，虞因已經沒有看見那張白色的臉了。

「沒事，我可能恍了一下神。」笑笑地跟著自家老爸點了下頭，虞因又稍微左右看了一下，「這邊看起來好像常常有人在打掃。」

明明是沒有頂的天台卻乾淨異常。

「清潔工每天會按時來清理跟照顧花草，大約早上八、九點左右。」簡單地解釋一下，滕祈微笑地說：「像樓梯也都是經常在整理，畢竟像我們這種地方，門面也是很重要的。」

「他有洗招牌嗎？」站在旁邊的嚴司，突然冒出一句莫名其妙的話。

「咦？」愣了一下，滕祈疑惑地看他：「不……這是另外請人從外面清理的，清潔工沒有辦法處理，大概每個月月初會清一次。」

「阿司，怎麼了嗎？」注意到他緊盯著招牌，虞佟連忙追問。

「我想如果這兩天沒下雨的話……」伸出手指，嚴司看著那塊整棟樓的大招牌，「那我應該知道陳永皓手上的擦傷是怎樣來的了。」

猛然一頓，虞佟立刻知道他在說什麼了。

「他在死前有掙扎過。」

□

沒有多久時間，頂樓多出了好幾名鑑識員警開始重新蒐證。

因爲招牌在大樓外面，所以還得請來空梯幫忙。

「佟，上面有東西。」從梯上下來之後，來協助的玖深讓所有人看了手上的初步檢驗，「有少量的血跡反應，跟一些不曉得是不是皮的東西，我現在就回去查。」說著，把招牌上取得的東西都整理好。

跟著一群取證人站在招牌下面，滕祈環起手：「虞先生，如果永皓不是自殺的話，是不是我們公司中的人都有嫌疑？」

「啊，那倒不是。」虞佟轉過去看了他一下，「目前大概有底了，所以到時候如果有需要，可能還是得麻煩貴公司配合。」

「這倒是沒問題，只要你們手上有公文就沒關係。」

「不好意思，又得麻煩你們了。」

因為警方又前來調查，附近幾名好事的居民在旁邊指指點點，而在員警要撤走東西時，某個人突然從那群人後面竄出來，直接拍上了滕祈的肩膀。

「又發生什麼事情了？」來的人是丁維翰，一身西裝跟公事包，顯示他應該是剛剛才回來，「怎麼又是警察？」

「喔，虞先生發現一點問題，所以重新蒐證，現在剛要撤走。」依舊維持禮貌地對同事解釋了一下，滕祈向虞佟點了一下頭。

「問題？」丁維翰看著取下手套的虞佟，說：「不是已經以自殺結案了，怎麼突然又有問題？」

「嗯……實際上這個案子還沒結案，碰巧我們注意到頂樓有點問題，所以請了公文重新蒐證，應該很快就會有結果了。」微笑了一下，虞佟這樣告知。

「我是不太想干涉警方辦案，但是我們做借貸公司的，如果常常有警察在這邊走動，我想對大家應該都不會方便。」看了旁邊的滕祈一眼，丁維翰口氣不是很好地說：「如果可以的話，請趕快將事情處理完畢。」

滕祈笑了下，看了他一眼：「如果好好配合的話，我想以後虞先生多少還是會給我們些面子，而且認識幾個員警也不是什麼壞事情啊。你說對吧，虞先生。」

「就看大家怎樣想了。」沒有直接回答，虞佟岔開了話題：「既然有採證到物體，我想應該很快就會有檢驗結果出來，到時候我會再通知你們。」

「嗯，有事情直接連絡就可以了。」

那邊還在客套，另一邊的虞因跟嚴司正好掛在旁邊的車邊，「被圍毆的同學，我要一起回局裡了，看來應該有東西要核對。」

「你的假期好像又泡湯了。」咧了笑，虞因這樣說著。

「嘖，我要投書抗議。」

打鬧說完，嚴司就跟著最後一部車一起返回。

盯著那些車離開，虞因才走向剛好談話也告一段落的其他人。

「阿因，我們也差不多要走了。」確定了自己的想法之後，虞佟向他招了招手，然後回過頭，看著滕祈與丁維翰兩個人：「對了，請問陳同學有沒有在你們這裡遺落什麼東西?」

「應該是沒有。」滕祈聳聳肩。

「爲什麼這樣問？」丁維翰看了他一眼。

「沒什麼，我想是不是還有什麼東西可以當作證據的，如果沒有就沒問題了。」勾起了微笑，虞佟向兩個人分別點了頭表示道別。

然後，他們上了車，緩緩駛離借貸公司。

虞佟沒有說話。

虞因也沒說話。

兩個人沉默了很長一段路。

他們都開始懷疑一個人，走過這趟之後，幾乎可以證明自己的推測正不正確。

「阿因，我繞路去買點飲料請阿司他們。」在沉靜之後，虞佟先打破了靜默的空氣，這樣說著，然後轉動方向盤往另外一條路走去。

看來回去還要折騰一陣子，先帶點飲料回去，讓大家振奮精神一下比較好。

「嗯。」

虞因正在思考。

那個公司的樓梯跟他想的是一樣的，那麼那個人走樓梯時爲什麼是那樣走？

如果再讓他看一次監視畫面的話，他一定可以證明有人在說謊。

要是證明無誤的話，那對方將陳永皓推下樓的動機是什麼？

停下車，虞佟走去飲料舖買飲料。

他坐在車裡還在想，不過幾秒時間，虞佟的手機突然響了起來，他很快搖下車窗，對著有點距離的人喊：「大爸，電話喔！」

「你幫我接一下！」正在遞單子的虞佟這樣回應他。

才想看看是哪個人來電，手機突然就自己切斷了。

接著，換虞因身上的手機響起來。

疑惑著，他打開自己的手機，上面顯示來電不明的無號碼。

不會又是詐騙集團的電話吧？

最近這種電話眞是多到讓人討厭，聽說阿關他們那群傢伙現在的新遊戲，就是比看看誰要詐騙集團要得多。

有夠無聊的。

「喂？我虞因。」想了一下，還是接起了手機，虞因皺起眉。

對方沒有出聲，手機那頭空洞得有點奇怪。很耳熟，是一股空洞的風聲。

然後，手機被切斷了。

還來不及蓋上手機，虞因立即又接收到簡訊。

這個畫面非常眼熟，甚至眼熟到他覺得如果這次再回撥過去，一樣會嚇到那些目前管理證物的鑑識人員。

這次的簡訊跟上次的不同，非常簡短，上面只有兩個字：「小心。」

他要小心什麼？

□

車門一下子被打開。

「誰打來的？」提著一大袋飲料進來，虞佟一邊放東西，隨口詢問。

「不曉得耶，響了兩聲就掛掉，大概是你同事吧。」收起自己的手機，虞因笑笑地回答。

看了他一眼，虞佟沒有多問什麼，便轉動方向盤往局裡的方向去。

回到局裡之後，他們把飲料發給其他人，便又回到螢幕前播放監視畫面。

這次就只剩下他們兩個，嚴司早早就鑽到工作室去了。

時間一分一秒過去，畫面在兩父子各有所得之後持續播過，直到有人打斷了他們各自的思緒——

「佟！初步比對出來了，招牌上面採集到的跡證，的確是陳永皓的。」玖深拿著資料快速地走進來，然後遞過：「另外，我們在同一個地方還發現了纖維。」

「纖維？」虞佟翻了一下本子，疑惑地看著他。

「呃……我這樣說好了，不知道是誰的西裝被勾出了一根毛。」按著痠痛的肩膀，他這樣說著：「我想那件西裝應該是淺灰色的，質料很好，價錢應該不便宜。」

很快看了剛出爐的報告，虞佟立刻轉了監視器：「很好，我想我知道那天是誰穿著淺灰色西裝，又是好料子的。」

「這樣就是鎖定嫌犯囉？」亮起眼，玖深連忙往這邊擠過來。

「差不多。」虞佟看了一眼趴在旁邊桌上的自家兒子，「阿因，那你覺得呢？」

回過神，虞因笑了下：「應該也跟你看到的疑點差不多吧。」說著，他把監視器往前快轉，直到所有人像是嚇一跳往外走去那邊，那是陳永皓跳樓之後開始騷動的片段：「他很閒情逸致，還特地又走回來湊熱鬧，我以爲直接往下到一樓看還比較快咧。」

「我想，他那時候應該不是在下面，而是在上面吧。」微笑，虞佟放下手上的報告，愉快地說著：「如果有更確切的證據，就可以請他把尾巴露出來了。」拿下眼鏡稍微揉了揉眼，今天盯了一整天螢幕，讓他眼睛也很痠澀了。

「需要更多證據證明他在上面吧？」虞因抬頭看了一下自家老爸，這才驚覺到外面的天色不知道什麼時候已經黑了，「要死了！」他馬上從椅子上跳了起來，看了手錶已經六點四十分的時間。

「怎麼了？」玖深疑惑地看著他火燒屁股收拾的動作。

「我忘記七點跟朋友有約，大爸，我今天不回家吃晚餐了，拜拜。」連忙把東西隨便塞進背包裡，虞因也沒等聽到回覆，急忙地奔出工作室。

完蛋了，不曉得趕得上楚晉禾的時間嗎？他看那些畫面看太出神，差點忘記有這回事。

望著自家兒子匆忙的背影，虞佟雖然感覺到很奇怪，不過因爲公事比較重要，而且又到了重要關頭，所以他倒沒有去多想那小子是怎麼回事。

他只調回了視線，把畫面又重轉了一次。

證明那個人有上去頂樓，光是這些畫面還不夠當證據，他需要更多資訊幫忙突破瓶頸。

「佟，你看他出來時，手上是不是捏著什麼東西？」專注於螢幕，玖深突然開口說道。

「手上？」

重新將畫面定格，虞佟果然看見目標物的左手是握著拳，有個白白一小角的東西從手縫裡露出來。

下一秒，他把手探進口袋，匆匆跑出了監視器的畫面。

虞佟勾起微笑。

他找到證據跟遺失的東西了。

□

出了大門之後領了車，實際上，虞因出發時已經將近七點了。

抄了小路外加一點點超速，好不容易趕到陳永皓他家時，已經超過了一點時間。

因爲屍體送回調查，所以靈堂已經暫時被拆下來，還留著一點白布掛在門口，另外就是些左右鄰居送的東西。

楚晉禾站在未關門的大廳裡，咬著一支剩下不到半截的涼菸，有點焦躁地像是等他等了很久一段時間了。

「你抽菸喔？」虞因停好摩托車，站在門口外面皺眉。

「一點點而已。」將菸蒂丟進旁邊的飲料罐，楚晉禾走出來，「你也太慢了一點吧。」

「路上塞車啊……下班時間。」隨便找個理由搪塞過去，虞因用種很無奈的口氣這樣回答他，然後才轉了話題：「簡訊叫你來這邊，你有看到什麼東西嗎？」

楚晉禾搖搖頭，「從剛剛到現在，除了你之外，我沒有看到第二個會移動的生物。」

「蚊子咧？」這裡蚊子實在是夠多的。

「……」

搔著手，虞因拍拍他的肩膀：「開玩笑的，不用太認眞。」

皺起眉，對方立即將他的手撥開。

「對了，你跟陳永皓好像關係很好。」靠在旁邊的牆上，虞因揉揉肚子，剛剛急著衝過來，就沒有吃晚餐了，又跑了一下午，現在覺得整個胃餓到有點痠痛。

看了他一眼，楚晉禾靠在另一邊的牆上，然後從側背包裡抓出一包巧克力餅乾拋過去，「我跟他認識四年多了，我們以前是在同一家公司打工。大概兩年多前，我老爸欠債跑路，零零總總大概七、八十萬吧，說大不大，可是說小，對我們家來講還是不小。我老媽開了小攤子賣麵，每個月沒賺上兩萬，我打工頂多一萬出頭，扣了學費也沒剩多少。偏偏那傢伙不知道跟誰學的嗑毒，不用半個月就欠了外面這筆錢，討債的流氓到我家來砸麵攤，攤子也沒了，又到我打工地方來鬧，害我連工作也丟了。」

說著，楚晉禾澀澀地一笑：「那時候剛好永皓聽到我家的事情，左湊右借地加上了自己的存款，幫我還清這筆錢。他說他知道被討債很難生活，反正他也欠很多了，先借我去還了，好重新開始。」

僅是簡單短短的幾句話就讓虞因立即明白，爲什麼楚晉禾會對這件事情如此堅持了。

「這兩年來，我在別的地方上班，就算已經還清了這筆錢，我還是覺得我這輩子很難還清這件事情，不管是在哪方面來說，所以我想，我能做到的大概就只有這些事情吧，不管是好是壞，都得嘗試看看。」勾了淡淡的一笑，楚晉禾聳了聳肩。

沒有開口安慰，也沒打斷他的話，虞因就只是靜靜地聽，然後拉開了餅乾的包裝，拋了一片餅乾吞下肚子。

他不是當事人，所以在這方面他沒有什麼好多嘴的。

他只是一個突然被捲入的過客。

「是說，現在都七點半了。」打起精神，楚晉禾左右張望了一下，巷子裡依舊空盪盪的，連隻狗也沒有：「不知道我們到底要來這邊幹嘛。」

「該不會是來這邊吹風吧……對了，陳永皓他家的人咧？」虞因突然想到應該還要有個媽媽跟妹妹才對。

「你第一天來時不是看到很多人嗎？那裡面有個人親戚家最近搬家出國，有房子空著，家具都很齊全，所以暫時先借她們住幾天，這邊靈堂拆拆放放的，怎樣都不太方便。」這樣告知了他，楚晉禾說著：「另外也幫她們家申請了補助，看看能不能把房子的環境改好一點，妹妹也要上課，有幾位正在尋求外界資金援助……錢不多，但是暫時可以代替永皓提供妹妹一些學費。」

看來這些人應該幫上了很大的忙。

虞因修正了對他們不怎樣好的第一印象。

就在他想說點什麼之後，手上的餅乾袋突然一鬆，整個鋁箔包裝下面不知道怎地突然裂開，小小的餅乾亂七八糟地掉了一地，「完蛋。」馬上蹲下去想將髒掉的餅乾清乾淨。

「怎麼突然破了？」楚晉禾也跟著蹲下，低頭清理地面。

「不曉得耶。」把包裝翻過來看了一下，虞因疑惑地注意到那個口不像是裂開的，比較像是被什麼東西撕開。

問題是，什麼東西撕的？

就在兩個大男生蹲在地上面對著牆壁收拾餅乾時，後面突然傳來一連串髒話問候句，由遠慢慢開始變近。

仔細聽好像是有誰喝醉了，謾罵的聲音不斷，旁邊還有幾個勸告安撫的聲音。

一聽到那些罵句，虞因整張臉都黑了。

同樣聽出來那是誰的聲音，楚晉禾也僵住了。

「別抬頭，假裝繼續撿。」錯愕過後，虞因馬上拉住他的手臂，示意他把頭壓更低點。

如果現在他們貿然就往裡面跑，可能更會讓那些人注意到，也很可能會激怒他們，所以最好假裝什麼都不曉得。

萬幸的是他們面對牆壁撿，不是面對馬路。

那幾名流氓像是都灌了酒，其中一個醉得特別厲害，就是直接找虞因麻煩那傢伙，被另外兩個人扶著搖搖晃晃地走過去，另一個走比較前面，腳步也不怎麼穩。

就在他們通過的那一秒，虞因跟楚晉禾兩個人幾乎快要全身都是冷汗了。

還好對方並沒有注意他們，於是叫罵的聲音越來越遠。

在他們繞過巷子之後，虞因馬上站起身，看見黑色街道的盡頭有個人站在那邊朝他招手。明明就有盞街燈打在那人身上，可地上卻一點影子也沒映照出來。

蒼白的手在黑暗中特別顯眼，然後就這樣又慢慢消失不見。

「是他們！」丟了一手的餅乾，楚晉禾突然悶著頭就往轉角的地方跑去。

「喂喂！等一下，你突然追過去幹嘛！」立即扯住他，虞因又看了一眼轉角，那個東西已經不見了，只有街燈還幽暗暗地打在地上。

「那些人一定有問題，永皓一定是要我來跟蹤他們！」不知道打哪邊來的自信，楚晉禾深深如此認爲，一點懷疑也沒有。

「你追上去會被打死……喂！」

急著尾隨跟上，楚晉禾像是被什麼附身一樣，執意地甩開他就追了上去。

這邊居住的人本來就偏少，房子大多是比較舊的平房，所以夜晚的街道感覺就偏僻了許多，而在這裡跑起來的聲音就格外明顯。

小心翼翼地轉過街角走了一段路之後，虞因看見上次楚晉禾告訴他的那個房子。

是有前院的小平房，院子裡種了一點樹，但房子沒窗沒門，看起來不像有人住的地方。

他拉住還想往前走的楚晉禾，示意他別出聲後，兩個人才繞著一邊的圍牆往後面走去。

在裡面的人罵得很大聲，不怕聽不到什麼。

一開始是那個喝很醉的人還在亂罵，三字經源源不斷地到處操別人的老母，後來像是有人安撫了一下，就稍微安靜了些。

在這期間，虞因稍微從後面瞄了幾眼，房子本身倒沒什麼可疑的，全部空盪盪，一望就盡收眼底，連家具都沒有，應該只是讓他們休息的地方。

不過前院就有點怪，那些人腳下的院土好像蠻新的……

「幹！那些警察還要查到什麼時候！」

就在虞因想更看清楚一點哪邊不對的時候，那個醉得很嚴重的人嚷開了。

他馬上拖著楚晉禾蹲下來，怕被看見。

「死人了耶，我看這陣子風頭很緊……還是小心一點好。」另外一個人聲音壓得很低，拉著那個很醉的人這樣說著。

「去你媽的！又不是沒死過！」那個很醉的人音量非常大，像是怕別人聽不見一樣，馬上就被身邊的夥伴七手八腳地拉住，拜託他小聲一點。

虞因與楚晉禾對看了一眼，不動聲色。

看來這票人不僅是耍耍流氓這麼簡單。

他聽見某種刨土的聲音。

接著是裡面那人的同伴急忙制止：「陳哥，別挖了，被條子找到，我們就慘了！」

「慘啥小！那些吃飽太閒的員警敢來的話，我他媽的就一槍打一個！」醉得很厲害的人發出吼，聲音迴盪在小街道裡，稍微引起附近的住戶側目。但是看見吵鬧的人不是什麼好人之後，又紛紛縮回家裡不敢多說什麼。

音量有越來越大的傾向。

「有點不對勁，我們先快點離開這邊。」拉著旁邊還想聽下去的楚晉禾，虞因這樣說著：「這些人跟陳永皓的死沒有關係。」

「可是一定有什麼問題……」顯然不太想離開的楚晉禾有點抗拒。

「先走啦，你聽不出來他們已經發酒瘋了嗎。」拽了對方幾下，虞因看著前面有越鬧越大的趨勢，拉著人沿著後面的牆開始移動。

就在他踏出第一步同時，有個東西從前院直接飛過來，碰地一聲砸在虞因的腳旁邊，碎成了一大片的小屑。

仔細一看，是一個被丟出來的小盆栽。

「快點！」拽著楚晉禾，虞因知道不對，也管不得會不會被發現，馬上拉著人就跑。

就在他們要逃出房子範圍時，有個人正走到後院，要看有沒有摔壞什麼，卻剛好在黑暗中見到兩個倉皇逃走的人影，馬上就拉開嗓門大喊：「幹！剛剛的話有人聽到了！」

乒乒乓乓幾聲，虞因不用看也知道那些人追過來，腳步加得更快，也不管楚晉禾跟不跟得上，扯了他跌撞地往陳永皓家衝去。

幽暗的街道，只有發黃的路燈照在上面。

他們跑得幾乎都可以聽見自己的心跳聲，還有逐漸增大的聲音。

才沒跑出幾步，虞因就聽到重重的腳步聲就在他們後面，但奇怪的是，並不是那些追來的人，那些人還要更後面一點，那個聲音幾乎就緊追在他們後面。

不是他的，不是楚晉禾的，而是一種穿著拖鞋啪嗒啪嗒快速跑步的聲音。

那是誰的跑步聲？

沒有回頭也知道這種時候不能回頭，急著逃命的虞因兩人一看見陳家的外門，馬上就衝竄進去，還外帶甩上門關燈，兩個人重重喘著氣卻不敢發出聲音，從屋裡窗戶隙縫悄悄地往外看。

那幾個人不用幾秒就追來附近，手上拿了棍棒什麼的，放慢了腳步左右觀看。

「給我出來！」其中一個人喝著，棍子到處亂敲一通，發出很大的雜音，「再不出來被我們找到就等死！」

現在出去也會死啊！

一邊在心中這樣想著，虞因小心翼翼地翻開手機，快速地在上面按著簡訊發送。

外頭那幾個人看沒有人出來，棍棒開始一戶一戶敲，嚇壞的居民也不敢開門，砰砰的聲音傳遍了整個街。

「奇怪，怎麼沒人報警？」虞因蓋上手機，疑惑了。

照平常來講，老早就應該有人報警才對。

「這邊的人都窮，不敢惹這種人，報警之後他們一定會回來鬧事，所以大家都不敢。」

楚晉禾小聲地這樣告訴他。

原來如此。

虞因挑了眉，哼了哼聲。

很快地，搥打的聲音就落在他們這邊的門板上，砰砰砰的重響充滿了整個廳內，感覺上就像是連地板都要跟著震動了。

用力地捂著耳朵隔絕噪音，下一秒虞因卻瞠大眼。

他看見有個人站在門前面，不是楚晉禾。

摔破的腦袋在黑暗中冒著液體，發出了奇異的聲音，然後，「它」緩緩地轉動了像是沒有骨頭而軟扁的頭部，灰白色的眼珠對上虞因。

他不敢確定那玩意是不是笑了，反正就是勾了一個奇怪的弧度，然後就穿過了門口往外面去。不用半分鐘，虞因就聽見外面傳來新的聲音。

「幹！你總算敢出來了！」

旁邊的楚晉禾一聽見，馬上莫名奇妙地看著他。

虞因聳聳肩，表示自己也不知道是怎麼回事。

外面傳來好幾個聲音，顯然是有人把門口給圍堵了，圍了一圈：「媽的，你剛剛是在偷聽什麼！」那個人又開口，語氣兇狠，傳遍了整個房子。

他從細縫看出去，看見那群人包圍了一個人。

而楚晉禾看出去，只看見那群人莫名奇妙地圍著空氣吼叫。

他們是醉過頭了嗎？

然後，虞因拉著他悄悄地往後面的房間移動。

外面叫罵的聲音越來越大聲，他們兩個就躲在客廳後面，看見窗戶外的影子揮動了手上的棍棒，開始動手要打，乒乓的聲音不斷傳來。

不用幾秒，對方就注意到不對勁了。

「爲、爲什麼打不到……」有人的酒意稍微清醒，叩咚一聲棍棒落了地。

「你眼睛花啊！」夾著連串三字經，有人不死心地猛然一揮動手上棍子，一種奇怪沉重的擊中聲響起，接下來不是叫囂聲，而轉爲大叫：「鬼！鬼啊！」

外面突然有三秒的安靜。

眨眼，門外傳來巨大的聲響，陳家的門板震動了好幾下，砰地整個被撞開，那幾個人像是球團一樣狼狽地滾了進來。

就著巷道的路燈光線，虞因看見「它」就站在入口的地方，灰白色的眼睛有著詭異的光芒，直直盯著地上幾個人，像是被敲破的頭整個凹下去一半，破開的地方有著仍在顫動的大腦混著血水，不明的青白色液體流了滿面，滴滴答答地開始掉在地上。

完全不曉得這幾個人爲什麼會撞進來，楚晉禾只看見他們對著空氣喊有鬼，卻什麼也沒看到，「……永皓嗎？」

他只想到這個房子離開的人。

「鬼、鬼有什麼好怕的！」那個醉得很嚴重的傢伙，突然從口袋裡抓出一個不知道是哪個宮的護身符嚷嚷。

幾乎是那瞬間，虞因看見門口的人影突然像是空氣般消散不見。

整個客廳安靜了下來。

□

過了片刻，注意到威脅的東西不見之後，原本滾在地上那幾個人搖搖晃晃地站起來，少不了一陣髒話問候和叫囂，顯然以爲他們大獲全勝了。

接著，就好像是電視上的情節一樣，他們又瞬間安靜了下來。

「……這不是那個姓陳的傢伙他家嗎！」有人認出小房子的擺設。

「靠，好像是。」

幾個人瞬間失了剛剛的愉悅，開始一步一步往後退。

「怕啥！你忘了上次那個宮的師父才給我們萬靈符，鬼有什麼好怕的！」咒罵了一聲，手裡拽著那個護身符的人嚷嚷著，還順手翻了旁邊的小茶桌。

「對、對啊，沒啥好怕的。」馬上就有人回過神應和著，「是說那個姓陳的傢伙還欠我們利息，要不要順便翻看看他家有什麼值錢的，一起帶走。」

驚嚇過後，幾個人反而萌生了貪念。

「反正最近跑路，也欠錢到手頭很緊。」

「那就快翻啊！廢話個屁！」

虞因聽著他們的話皺起眉，客廳馬上就傳來很大的翻找聲音，那群人掀了桌子、椅子，把櫃子抽屜裡的東西全部倒出來，還把堆積的雜物盒都給推下來。

「住手！」來不及阻止，虞因眼睜睜看著氣不過的楚晉禾，英雄式地衝出去大喊。

那瞬間，所有人的動作都靜止了。

馬上，有人認出他。

「你不是上次偷聽的那小子嗎？」停止了手上的動作，幾個流氓圍了過來：「這麼剛好，你是自找死路是吧。」

眼見事情快要一發不可收拾，虞因也馬上走出去：「你們這幾個人快點離開這邊，我剛剛已經報警了，不想被抓就快滾！」他皺起眉，將楚晉禾往後面扯了一下。

「你又是哪邊來的臭小子？你們兩個是一夥的是不是！」那個已經差不多清醒的醉漢走過來，一把就拽了虞因的頭髮。

猛然感到頭上一痛，虞因直覺地用力揮開他的手，「講話就講話，動手動腳幹什麼！」

「你剛剛說你他媽的報警是不是！」那個正對他的人，眼中突然出現了殺氣，然後高高舉起手上的棍子就往下揮：「幹，你敢報警——」

「你們在這裡幹什麼！」

猛然一喝，讓原本要落下的棍子硬生生停在空中。

正要做出反擊準備的虞因也楞了一下，越過那些流氓背後，他看到一個應該不太可能會在這邊出現的人。

站在門口的滕祈，冷眼掃過那些流氓，「陳家的錢都已經付清了，你們還有膽來這邊鬧事嗎？」他的聲音很冰冷，硬梆梆地砸在那些人身上。

流氓頭頭狠瞪了虞因一眼，然後拿著棍子掛著下流的笑容走過去：「這不是那個出手很大方的滕先生嗎？哈哈……我們還有利息要算清楚啊……」

「欠你們的那一份早就清光了，道上的都保證過不會再來騷擾他們家，你們想破壞規矩不成？」沉著聲音，滕祈這樣說著。

「話不是這樣說啊，你要知道那個姓陳的傢伙跟我們借那麼多錢，利息早就滾到天邊了，還那一點本金哪夠啊。」說著，不懷好意地上下瞄了對方一眼：「滕先生，看來你油水也不少啊！」說著，居然動手就要搶滕祈隨身帶著的公事包。

「小心！」虞因衝過去，一把架住那個人要揮下的棍子，旁邊的流氓一見不對，馬上撲過去攻擊他們。

將公事包往楚晉禾那邊一拋，滕祈居然就直接擺出了架式，沒花多少時間，就把那些流氓打得在地上哀哀滾叫：「醉得腳步都不穩了還想幹嘛。」拉鬆領帶，他冷哼了一聲。

虞因跟楚晉禾看著眼前這幕，大大錯愕。

轉過頭看見兩個小子呆愣的樣子，滕祈無奈地勾了勾笑，「嚇到了嗎？不好意思，做這行的還是多少要會自保比較好……雖然我也是練興趣的。」

「喔、喔。」回過神之後，虞因才跟著點頭。

「滕大哥，你爲什麼會在這邊？」拿著公事包，楚晉禾也連忙追問著。

滕祈微微笑了下：「這幾天都沒接到你的電話，我怕你會做出什麼傻事，另外也想順便來給永皓上個香，沒想到剛好碰上。」

看著對方，虞因突然覺得好像也不是他說的那樣剛好。

「嗯？虞警官？」滕祈看著他，突然也發出不解的問句。

楚晉禾馬上轉過來看他：「你也……」是警察？

「晚一點再跟你解釋。」打斷了楚晉禾，虞因連忙說著。

就在他有點頭大，不知道要怎樣跟這兩個人分別說起時，虞因眼尖地看見剛剛被滕祈摔在後面的那名流氓，從衣服裡掏出了東西——

「小心！」

槍聲劃破了好不容易靜寂下來的安寧。

□

聲音靜下之後，那枚子彈沒打中任何人。

它嵌在屋頂上。

「你找死嗎！敢在我面前開槍！」一腳踢倒持槍人的是匆匆趕上的虞夏，在對方還來不及反應過來時，就踹開他手上的槍械，將他扭手壓制在地上，「哪隻手開的！信不信我把它拽斷下來！」

「二、二爸，折斷犯人的手要寫報告的。」提醒他這個事實，虞因鬆了很大一口氣。

巷子外面傳來了警車的聲音，顯然是直接從另一邊趕過來了。

虞夏瞥了他一眼，在後面同僚趕來後才放開手，讓同事把這些人帶走：「你打簡訊要我來救人，就是這幾個？」他拿出手套，拾起地上的槍枝，越看越覺得這把槍的編號很眼熟。

「不然咧，你晚來一點我們就全掛了吧。」虞因衝著他翻翻白眼，沒好氣地說著。

「去你的，地址講得不清不楚又在巷子裡面，我找得到已經算你好運了！」臨時接到簡訊叫他到一個超小路幫忙，他還是人家調出導航才知道這裡有這麼條巷子！

站在旁邊看了半晌，滕祈才半疑惑地走過來：「虞警官。」

看了他一下，虞夏疑惑地搔搔下巴：「你哪位？」印象中沒看過這個人。

被這樣反問，滕祈也愣了一下。除了沒戴眼鏡外，他覺得應該是他認識的人才對……

「滕大哥，這是另外一位虞警官，他們是雙胞胎。」早一步知道的楚晉禾連忙解釋道。

「喔，你就是佟負責那個案子的人啊，我叫虞夏，不是虞佟。」被青年這樣一說，虞夏擊了下手掌，立即清楚眼前這人的身分。對喔，聽說那個自殺的案子有個相關人姓滕的，原來就是眼前這個傢伙。

「你們三個沒事湊在一起幹什麼？」一個他兒子，一個是他家現在的房客，另一個是相關證人；他實在是很難想通，他們在這偏僻地方要開什麼聚會派對來著。

「這裡是陳永皓他家。」虞因扯著他家二爸往旁邊小聲地說著，沒讓另外兩個人聽見：「我跟阿禾是被那個東西叫來的，滕先生是來上香的。」雖然說靈堂都撤了。

虞夏點點頭，很快就進入狀況。

然後他轉過身看著另外兩個人：「不好意思，要麻煩你們跟我回去做筆錄，關於這些傢伙跟你們今晚遇到的事情。」他揚揚手上的短槍，這樣說。

「沒問題。」滕祈還是表現得很合作，「很高興認識您，虞先生。」

見事情都發展到這地步，楚晉禾也只好點頭了。

於是，一群人就被帶走。

回到警局之後，因爲跟裡面的人很熟，也很明白程序，趁著虞夏正在輪流向那些流氓問供時，虞因摸了空，就躲到他家二爸專用的辦公室休息，偷睡一下。

大概是警局煞氣比較重，所以在他不小心睡著後，並沒有受到亂七八糟的事情騷擾。

睡得昏沉沉時，不知道爲什麼他的腦袋突然異常清楚。

他夢到與陳永皓認識的那一晚，那個傢伙追了他一路，還有那副高興的樣子。

清晰得好像事情全都重來了一遍。

然後，他像是想起了什麼很重要的線索。

猛然驚醒，虞因看著昏暗室內的時間，已經深夜時分。

走出休息室時，外面還有幾個警察正在交互詢問那批押回來的流氓，沒看見滕祈跟楚晉禾，而虞夏就坐在旁邊的空桌翻著資料本。

「二爸。」打了個哈欠，虞因走過去在旁邊坐下。

瞅了他一眼，虞夏哼了哼：「睡醒了啊，剩你的口供還沒做，等等去找小林。」

「喔……」

「楚晉禾跟滕祈我已經先放他們回去了，剛剛把那把槍送去急件比對，結果已經出來了。」難得心情很好地在哼小曲，虞夏闔上了手上的資料本：「跟我手上那件案子不見的兇器是同一把。」

虞因知道虞夏最近的案子，就是那起死了兩個人而嫌犯在逃的械鬥案件。

「這麼巧？」同一把槍？

「就是這麼巧，彈道完全吻合，而且也有人目擊這幾個那天都有在場。」看了還在問話的那一邊，虞夏站起身，從旁邊的小冰箱裡拿出兩瓶果汁，其中一瓶拋過去給自家兒子：「其他證據都吻合的話，我這邊就結案了。」簡直就是天上掉下來給他的禮物。之前查得半死都找不到半個影，現在這樣一抓就全齊了。

虞夏突然覺得這搞不好是老天可憐他最近都沒睡到覺，所以送他個大獎，讓他可以快點回去補眠。

搖晃著手上的果汁瓶，虞因卻怎樣都笑不出來。

那個地方，是陳永皓叫他們去的。

招惹那些人，也是楚晉禾被指引的。

這件事真的只有要協助他們破案這麼簡單嗎？

不對，虞因覺得有點不太對勁，好像不只有這樣而已，應該還缺了點東西。

等等，那些人也認識陳永皓？

「二爸，你可不可以幫我問一件事情？」

□

配合做完筆錄之後，回到家已經天亮。

虞因下了摩托車，然後開了大門。

清早六點，廚房照慣例已經有人在打理早餐的聲音。一聽見有人開門，虞佟就探出身，然後看見他兒子。

「夏打電話跟我說了，你先去洗把臉，吃完早餐之後，跟學校請個假，在家裡休息。」說完，他又回到廚房繼續忙碌。

丟開背包，虞因砰地一聲直接倒在沙發上。

別說洗把臉，現在是要他爬起來也不可能了。

就在愛睏又疲累而進入半夢半醒狀態時，虞因瞥見那個叫作少荻聿的小朋友，抱著他的厚書慢慢走過來，可能看了他一眼——也可能是看到自己平常的座位被佔據了，稍微停頓了幾秒鐘之後，就在另外一張單人沙發坐下來，打開了電視。

電視頻道的聲音被調得很小聲，虞因沒有聽清楚。

半晌，他感覺到有人幫他蓋上了薄被。

關掉了電視，看著已經入睡的虞因，聿放下書本，躡手躡腳地往廚房走。

「小聿，阿因睡在外面？」沒聽見回房間的聲音，虞佟看著走進來的人問著，而後者也點了頭，「這小子，叫他不要每次都睡客廳，還是說不聽。」明明房間多走一下就到了。

聿豎起了手指表示要小聲，然後端著早餐，又小心翼翼地往外面餐廳走去。

過不多久，樓梯有了些聲響。

下樓的是同樣折騰一夜的楚晉禾，他盥洗之後就站在廚房門口，不知道該說些什麼。

「有事情嗎？不然要開飯了喔。」衝著他微笑，虞佟關掉爐火，然後將調味料灑在已經滾熟的湯上面。

「那個……我聽滕大哥說了你們去追查永皓的事情。」

昨夜回去之後，他跟滕祈聊了一下子，於是知道了這幾日警方介入調查。「不好意思，之前我一直以為你們就這樣不管了。」他眞的以為警方就這樣結案，草草地結束一切。

虞佟微笑了一下：「有什麼不好意思的，又不是什麼大問題。案子如果眞的不對，調查也是應該的。」他端著那鍋湯，走出廚房，後面跟了楚晉禾，「我想如果沒問題，應該很快就可以將事實查清了，在那之前，也請你們再忍耐一下。」

看著眼前的人，楚晉禾不自覺點頭了。

「很好，阿因已經睡死了，我看我們自己先來開飯吧。」不打算叫醒疲累的兒子，虞佟親切地小聲招呼。

「對了，那個……」急著說了句，楚晉禾想了想然後才開口：「那些流氓已經被虞先生抓了，我想最近應該沒什麼危險，所以我打算搬回去自己住的地方。」留在這邊，他也覺得奇怪，雖然很舒服，但畢竟不是自己的地方。

「好啊，有需要的話儘管開口，我們會很樂意幫忙的。」

楚晉禾點點頭，就沒繼續多講些場面話了。

□

虞因醒來之後，已經差不多中午了。

客廳的電扇開著，除了屋內既有的電器機械聲響之外，什麼聲音也沒有。

揉揉有點發痛的腦袋，他一邊爬起身，一邊看了一下手錶，大約再過十分鐘就是一點了。

環顧了一下，他注意到飯廳桌上留了一點飯菜，封了膜，可能是要等他醒了自行處理。

他想想，下午要幹些什麼……

就在一邊把飯放進微波爐、一邊思考之際，虞因的手機又響了起來。

沒有細想他就直接接通了手機。

那端沒有任何聲音，只有空洞的風聲。

虞因皺起眉，立即將通話斷掉，接著果然不出他所料，大概過了不用幾秒鐘，一通簡訊寄達的聲響傳來。

開了手機閱讀上面的訊息，是一排地址。

「要我去這裡？」他挑起眉，跟大爸去是很方便啦，可是自己一個可能就很難混進去了，尤其是在昨天以後，對方應該也知道他不是警員了。

地址上標名的是借貸公司。

正要撥給虞佟商量看看時，第二封簡訊也進來了，這次更簡單，是時間，晚上十點整。

意思是要他趁夜摸進去嗎？

虞因有種很挫敗的感覺。

「我們商量一下好不好，反正差不多快破案了，你就在旁邊看著我們抓他就行了，這樣是違法入侵耶。」明明就快破案了，還要他去做犯法事情，被抓到，他會被大爸二爸捶死。

才剛說完，一通簡訊馬上寄到，內容還是重複時間。

接著不用十秒的時間又是一通。

然後第三通、第四通——

有點不爽，虞因將手機的電源直接按除了：「你眞的很麻煩，到底想幹什麼啊！」從一開始到現在製造了一堆麻煩，明明都已經快順利查完了，還在玩他。

把手機往旁一丟，從微波爐拿出飯菜時，虞因聽到了絕對不可能再響起的……簡訊聲。

眞是夠了，以爲這種靈異狀態就可以嚇到他嗎！

他還看過電腦螢幕有鬼臉耶！

那個簡訊還是傳個不停。

「好啦，我去看看總行了吧！」被吵了將近五分鐘後，虞因沒好氣地衝著空氣這樣嚷。

說也奇怪，手機居然眞的安靜下來了。

他沒好氣地翻翻白眼，眞是沒見過這麼盧的鬼！

端著熱過的飯菜回到客廳，開了電視，虞因盯著新聞台，上面正在報導警方破獲中部械鬥事件等等，看起來應該就是今天的頭條了。

被押出去的嫌犯就是昨天看見的那幾個，大概是調查完畢之後要移送了。旁邊有不少員警押著人上警車，周邊多少自然有些好事的人遠遠圍觀著。

這本來沒什麼好奇怪的，是非常正常的畫面。

記者追著員警們詢問著。就在一切都是如此自然之下，鏡頭稍微一晃，虞因瞇起眼睛，看見圍觀的人群中出現一張熟面孔。

「丁維翰？」他在那邊幹什麼？

該不會是剛好來拜訪客戶吧？

鏡頭因爲要拍攝嫌犯押上車，所以一直固定在那個方向，自然虞因也看清楚了那個應該不相干的人，關注地看著移送的那個神態。

難道他認識這些流氓不成？

話說回來，其實也沒有什麼不可能的，因爲稍早之前，滕祈的態度好像也認識這些人，大概是做生意時，多少會碰到。

可是他想，滕祈應該不可能特意來看這些人被移送吧。

這些人有什麼關係？

爲什麼昨天晚上那些流氓會在知道是陳永皓他家之後，還惡意要翻找東西。

思緒一轉，虞因突然想到，陳永皓的案子好像原本是丁維翰要爭取的，但是後來不知道爲什麼變成由滕祈負責，接著那些討債的就全部被擺平了。

他們還有什麼關聯？

那瞬間，虞因突然覺得眼皮抽了好幾下。

不知道爲什麼，他突然覺得，今天晚上那個時間、那個地點，會是一個關鍵。

差一個關鍵，所有事情都吻合了。

「佟！」

上午的時間，就在虞佟申請好手續打算去扣押人，而走在外廊時，身後有人匆匆跑步追了上來：「等一下。」

「怎麼了？」轉過頭看見自家雙生兄弟匆匆地跑過來，他收了步伐，站在原地等他。

「拿去，這個我想你應該會有興趣。」停下之後，虞夏把手上的紙張遞給對方：「我們剛剛在做例行比對時發現的。」

看著那張紙半晌，虞佟突然皺起眉：「爲什麼我案子的關係人會在你們的單子上？」

「嘿，我也很好奇，資料上顯示，他們有一段時間連絡來往很頻繁，因爲還牽涉到槍械，所以我們要徹查。」拍拍對方的肩膀，虞夏這樣說著：「有必要的話，會跟你們借人，先跟你打招呼一下。」

評估著手上意外的資料，虞佟在心中打點了一下，「好，我知道了，我那案子已經快結了，你應該很快就可以看見你要的人。」

「了解，那我先跳過等你帶來再說。先這樣了，晚上見。」說完，又匆匆跑離。

他們那組一向很忙。

目送著人離開之後，虞佟才收回視線，繼續朝外走去。

很快地，他想就可以給陳永皓的家人一個交代了。

即使事實令人無法接受……

□

「眞是的，最近的鬼要人幫忙還這麼囂張。」

晚間打工結束之後，虞因稍微看了一下時間，約莫八點多，所以時間還挺早。

「阿因，你要不要跟我們去吃晚餐？」同一批下班的同事開口約人：「我們要順便去唱歌，妹妹拿到優惠券，今天到期。」

「今天免了，我還有事，改天吧。」

推拒了邀請之後，他在工作地點附近隨便找了家小吃店，點了幾樣東西，在火雞肉飯跟小菜送上桌前，虞因已思考起所有的事情。

一切都已經差不多定案了，兇手是那個人沒有錯，不過感覺上，好像還需要一個更重要的證據……

就在服務人員走過來，將端盤上的飯菜放下來時，虞因眼尖地看見透明玻璃門外面的對街上，走過一個眼熟得很的人。

聿？

他看著對方拿著張紙條，左右張望了一下，好像是在找路。之後隨便拍了個路人，對方指點比劃了幾下，他就往另外一邊的巷子離開。

爲什麼他會到這一帶？

原本想追上去，但對方的身影一下就消失在彎彎曲曲的巷子中，追上去應該也找不到。

虞因稍微按下了衝動，皺著眉考慮，回家時再逼問他。

快速地用過餐之後外加遊蕩，大約在九點近十點時，他到達借貸公司的門口。

因為借貸公司在下午五點就準時下班，幾名留較晚的專員也都不超過九點，現在來到的話，看見的就是整片黑壓壓的公司，一個人影都沒有。

透過窗戶，虞因可以看見玻璃裡的空間全都是黑色的，一樓有著拉下的鐵門隔絕，不難想像裡面絕對有大量的監視器，二十四小時監視著裡面狀況。

如果貿然衝進去……他應該很快就會被逮去警局，跟二爸他們相見歡了吧……

公司就臨在馬路旁邊，說實在的就算是夜晚，這裡來去的人車也不算少，所以要有大動作拆門啊、入侵之類，應該不太可能。

放棄了正面進入的想法，虞因開始往後面繞。

如果運氣好的話，應該可以在防火巷看看有沒有小門的……

「唉，失禮了。」抱著百分之九十九會被抓到的決心，虞因看了一眼沒有再給他指示的手機，然後順著建築外牆邊開始往後面的小巷走進去。

整條巷子裡幽幽暗暗的，不過倒是很乾淨。

走在這種地方，會讓虞因想到上次的遊樂場事件，狀況雷同，不過不同的是，這裡沒有堆滿那些機台。

對了……後來好像有聽說，王鴻的父親悄悄地把他接走，對方的身分好像也頗有來頭，接走人時，在外面的警方居然沒有發現，變成重大疏失，到現在還沒有找到人。

巷子並不長，所以當他分神想到，那個人不曉得是怎樣被帶走時，已經走到底了。

就像所有的大樓建築一樣，他們的後門也是鎖死的，這次他運氣就沒上次那麼好了，因爲不但後門鎖著，且外層還加上了厚重的鐵門跟保全，除非他是可以穿牆的透明人吧……

「好吧，我已經來過了，進不去也不能怪我，一切都是天命啊。」聳聳肩，決定今晚任務已經達成的虞因，愉快地轉過身要往回走。

啪嗒——

一個東西掉在虞因的頭上。

他下意識伸手去摸，摸到一個黏黏的東西，但是因爲巷子裡太黑了，所以他看不出來是什麼，跟著就反射性地抬頭往上看。

青白色的臉倒掛在屋簷處看著他。

完全被嚇了一大跳，虞因往後退了一大步，撞到巷子後牆，然後那個青白人臉的破碎腦袋又啪嗒的一聲，把腦漿滴了下來。

他突然猜到，剛剛掉在他頭上是什麼東西了——

去你的！

那張鬼臉沒有等到他把髒話罵完，就整個往後沉進屋簷裡，下一秒，虞因看見二樓有個影子晃了一下，一個黑色的人影就站在二樓的落地窗邊，低頭看著他。

因爲天色很黑，幾乎看不清楚他的臉部，只覺得整片黑色裡有兩顆發光的青綠色眼睛正在盯著自己看，一點感情也沒有。

就算多次見識過非人類東西的虞因，也打了下寒顫，儘量不去看那個玻璃窗裡的視線。

在四周一片沉默之際，上方突然輕輕傳來喀的一聲，然後落地窗打開了。

「不會吧……喂！你等等，你以爲一般人可以從一樓直接跳到二樓嗎！」連忙朝上面的「人」抗議，不過，對方顯然不管他要用飛的還是要用跳的，直接一轉頭就消失在空氣中。

在他消失的同時，原本還有些許燈光的公司樓層一瞬間全都變黑，連逃生燈都不見了。

斷電嗎？

但是又不太像，因爲連臨時電源都跟著消失了。

抬頭看著被打開的窗戶，虞因不得不硬著頭皮，牽來自己的車當墊腳之後搆了幾次，然後就這樣眞的被他入侵二樓了。

警報並沒有響，看起來應該是眞的都斷電了。

不過虞因也曉得，這就代表保全公司的人很快就會到這裡查看狀況。

跳上二樓之後，要他來的「人」已經不見了。

電梯、照明的什麼全都沒有，臨時來這邊的虞因，當然也不可能準備手電筒那種神奇的東西，整片黑暗之中，只好勉強開了手機，用微弱的光芒稍微照亮一點點周圍。

幸好內部收得非常整潔，不然肯定得面臨東撞西撞，撞到頭暈還找不到路的窘境。

稍微適應了一下裡面的黑暗不到幾秒，他聽見另一邊傳來某種似乎是門鎖被打開的聲音，然後看過去，是逃生梯的門開了。

對了，因爲沒有電力，所以也一定沒有電梯。

小心翼翼地摸黑走過去，虞因在黑暗中走到門邊。

走過門，轉出去的右邊是向上的樓梯。

他應該往上走還是往下走？

不需要發問，在他上半層的地方突然傳來了腳步聲，好像有人在前面帶路一樣，但是卻完全看不見任何人影，喀喀喀的聲音是布鞋踏著階梯向上走。

然後，虞因跟上去了。

□

他想，眞的是「他」刻意要讓他來的。

一路上直通頂樓，一點障礙也沒有，連頂樓的鎖都幫他開好了。要是好死不死，今天晚上剛好有小偷入侵，應該就會被順勢偷個精光了吧。

這樣想著，打算踢開頂樓鐵門的虞因，聽見外面傳來某種聲音之後，馬上把腳縮回來。

聲音？

爲什麼這種時候頂樓會有人？

立即把手機調好放到上衣口袋，虞因瞇起眼睛，仔細聽著外面的聲音——

「我跟你們早就已經沒有關係了吧！既然被抓進警局，你最好自己看著辦，別把大家全都拖下水，如果你想把我咬出來的話，我也不會客氣的。」

很耳熟的聲音。

虞因緩緩地將門扉推開了一點，看見在那個大招牌後的牆邊靠著一個人。

「還有，最早那件事情警察根本不會查到，你們自己在外面開槍殺人的事情，最好自己負責……什麼！要我去保你們出來？你會不會想太多啊！連請律師都別想，關我啥事！」忿忿地對著電話吼，那個人直接切斷了電話，怒氣沖沖地點燃了一根香菸。

白色的煙霧被夜風拉出一個奇異的弧度。

時間經過了幾秒。

正想著要不要出去，還是直接就這樣等到他離開再走的虞因，還未考慮完，對方又撥了一通電話，很快地那邊也給人接通：「喂？嗯，我是仲能的丁維瀚，麻煩請幫我弄張機票跟旅館……對，業務需要，越快越好，這兩天我必須到美國一趟……多少錢都可以，拜託了，謝謝。」

「你打算潛逃出國嗎？」

站在陽台的人還未掛斷電話，瞬間就把頭轉過來，飄盪在空氣中的煙氣，拉出了不自然的角度，然後連接到他的嘴邊。

「丁維翰先生，兩千多萬還要扣稅，而且彩券在時效內沒有兌換會過期喔，你打算出國多久呢？」推開了陽台門，虞因帶著微笑慢慢走出去。

很快就回過神來，站在牆邊的丁維瀚盯著他，露出了一貫的商業性笑容：「虞警官，爲什麼這麼晚你會出現在我們公司裡，還有你剛剛說的那些是什麼意思，我聽不太懂，兩千多萬是怎麼回事？」

看著對方，虞因聳聳肩：「對了，其實有件事情我忘記告訴你，我並不是警察，你之前看見另外一個戴眼睛、很像大學生的那個才是警察。」

愣了一下，丁維瀚瞇起眼睛：「……你是冒充的？」

「喂喂，從頭到尾我都沒說過我是警察喔，別誤會了，我只是跳樓那件案子的關係人，同時也兼某方面的證人，順便跟著來繞繞而已。」環著手，虞因靠到牆的另外一邊，看著旁邊的大招牌：「哇，這邊眞的很低，不小心很容易摔出去，但是假使有東西卡在外面的話，我想人家也覺得要撿很容易，就探身出去撿吧。」

靠著另外一邊的牆面，丁維瀚表情一點也沒有改變：「我不清楚你想說什麼。」

「嗯，其實我也沒有特別想講什麼，只是有個『有感而發』的小想法，你有興趣聽一下嗎。」沒有等到對方點頭或搖頭，虞因逕自轉過身繼續說下去：「如果是我想要在這邊將一個礙眼的人解決掉，我應該會找個跟他重要的東西很像的玩意，想辦法弄在招牌上面，然後找藉口上頂樓……之後讓他注意到那東西，因爲圍牆不高，所以當然會想辦法探身去撿，這時候從後面輕輕拍他一把，我想只要是沒防備的人，應該都會下去了吧。」

「你的小想法眞有趣，不過，如果眞的這樣做的話，應該就是殺人罪了吧。虞先生，我勸你最好不要這麼衝動。」冷笑了一下，丁維瀚如此說著。

「放心，我家裡很嚴，就算我想殺，我應該也沒有那個膽。」看著不遠處的招牌，虞因嘆了口氣。若是他眞的這樣做，應該還沒判罪，就被他二爸當場剝皮，然後先殺後快了。

「不過呢，我覺得這個想法應該不會只有我想到，那些想到的人裡，只要有一、兩個實行，我看報紙上的自殺案件就會多很多了。」

看起來是事實但不是事實。

只要稍加掩飾，通常不是事實的東西就容易變成事實。

「你這些話是什麼意思。」偏過頭看他，丁維瀚整個表情逐漸開始改變。

「沒什麼特別的意思，不過我想說一下，爲什麼我會變成這個案子的證人好了。」虞因笑了一下，將對方似乎些許動搖的表情看在眼裡：「在事情發生之前，很不巧，剛好我有碰過陳同學一面，那天晚上他挺興奮的，聽說是中了獎……你應該知道吧，現在很流行，幾乎大半人都知道怎樣買的彩券。」

「那挺好的，中獎是件讓人高興的事。」將手上的香菸捻掉，丁維瀚將菸蒂拋到樓下。

「是啊，那眞的會讓人高興到沒理智，畢竟兩千多萬對一個負債累累的家庭來說，是筆不小的金額，將這些錢拿來還負債，他們一家人以後應該會過著很快樂的生活吧，那麼小的房子住著三個人實在是太委屈了……扣掉負債之後，說不定可以租比較好的屋子，或許再過幾年，等他們都出社會之後，哥哥還能順利拿到很好的薪資，存了很久之後，帶著全家人一起環遊世界。」

頓了頓，虞因盯著那個曾經被採取物證的招牌，它仍然沉默不語地靜靜掛在半空中：「沒錯，只要活下去的話，就會有無限的可能，但是失去生命之後，什麼都不可能了。受那麼多人喜歡的一個人，是不是出社會之後會有人賞識成爲某一行的企業家……我想再也不會有人知道了。」

看著對方已經鐵青的臉色，虞因勾起脣。

「……是沒錯……他在自殺前只要稍微想一下……別這麼衝動……」

「我有陣子想過呢，社會上經常發生看見人有錢就搶錢的事情。」直接打斷對方的話，虞因沒讓他說完：「眞的不太明白，有的人明明有著至少可以餬口的薪資，但是爲什麼還要去拿走別人擁有的，就算沒有那些錢，不是也可以過完人生嗎？規劃、旅遊什麼的……」

猛地直起身，丁維瀚皺起眉：「不好意思，我想，我應該沒有義務大半夜陪你在這邊聊什麼人生話題，今天晚上你擅自侵入我們公司，就算是警察也需要搜索票，我想我有絕對的理由可以控告你，你快去找一個律師吧。」說完，人就往頂樓出入口走去。

夜風在兩個人中間穿過。

「丁先生，我有一點需要提醒你，當你去兌換彩券時最好小心一點，警方已經知道那張彩券的存在，還有這期只有一個人獨得，那個人的彩券上會有我虞因的指紋。」

停下腳步，丁維瀚轉過頭看他：「你這話什麼意思。」

「沒什麼，剛剛我不是說過，我碰過陳同學嗎，那天晚上我也看過他的彩券，如果眞的是他的彩券中了兩千多萬，那麼獨得的那一張上面一定會有我的指紋，有指紋的話，就證明了是陳同學擁有的……如果不是他本人，而是沒有關係的他人去換，你想在彩券中心等待的警方會有怎樣的聯想呢?」打了一個哈欠，虞因慵懶地這樣告知背對著他的人。

「多謝你的忠告，如果我知道兌獎者是誰的話，我會這樣轉告他。」似乎對這個話題不怎樣有興趣，丁維翰聳了肩膀，然後往下走去。

「好啊，等你從口袋把那張彩劵拿給別人時，記得務必要這樣告訴他，不然要是被誤抓就太冤了。」從口袋裡拿出口香糖，慢條斯理地拆著包裝拋進口中，虞因果然看見某人不知道第幾度停下腳步了。「丁先生，這麼晚還在公司，工作很累喔。我在想啊，事情發生之後拿到兩千萬，正常人應該都不敢隨便亂放的……尤其那東西本來就不是自己的。想來想去，我也只想到應該會藏在身上，或是公司裡；之所以不猜你放在家裡，是因為那些流氓跟你認識，如果對方上門被撞見就不好了。」

「最近那些流氓因為隨便開槍被捕……我看剛剛你應該也是在跟他們通電話吧，這麼晚到公司裡，還要一個人待在最不可能有人上來的頂樓，除了是特地來回收寄放在公司裡的兩千萬，並跟流氓連絡一下之外，我看應該也沒什麼事情好做了吧。」

丁維瀚站在原地，瞇著眼睛看著他，一點表情都沒有，看起來好像是僵立的石像一樣，完全猜不著他下一步的動作。

過了好一會兒，他才往前走，走了兩步，走出頂樓門的距離：「爲什麼你會認定陳永皓的彩券在我身上？」

砰地一個巨響，猛地揚起的風將頂樓的鐵門用力一搧，重重地摔上門框，整個頂樓好像還迴盪著那個空曠但是奇大的聲音。

「很簡單啊，因爲樓梯。」

「樓梯？」

點點頭，虞因走到鐵門邊轉了門把兩下，發現被反鎖了：「嘖……你們公司的樓梯其實一出去向右轉是往上，如果要往下走還要前進一些，可是我看過監視器畫面，你一出去之後馬上就向右轉，代表那天其實你是往樓上的方向，不是往樓下。這點，在之後發生事情，你還急忙跑樓梯回到原樓層也可以證明，你是直接轉出來的，不是直線過來的，那麼就跟你當初說的往樓下不合。在這種敏感的時間裡，你上樓幹嘛？」

「我想，光是左右轉也不能證明我上了頂樓吧，或許那天我真的有往上走，不過那天因爲等不到電梯，所以有點急昏頭了，你總不會說人是不可能失誤走錯樓梯格吧，可能我那天只是走錯，之後轉頭跑下來剛好遇到跳樓，對吧。」看了眼鐵門，丁維瀚倒是沒什麼緊張的神色。

「不對，那天你一定是往上走，而且你根本沒有要搭電梯的打算。」看著完全沒有想承認意味的對方，虞因勾起冷笑：「一個在等電梯的人爲什麼不按電梯，只看電梯表，那是在確認，不是在等待。那天接待陳永皓的人是你，我猜你應該跟他說了什麼事情，讓他先上頂樓，之後再告訴同事說你要下樓。但是出了逃生梯，你是往上，不是往下。那個動作只是確定陳永皓有沒有乖乖地上頂樓去而已。」

「……」

有那麼一瞬間，空氣似乎凝滯了，像是逐漸變成固體一般沉悶了下來。站在鐵門左右兩端的人對看著彼此，先開口的是斂起表情、一臉無事的人：「……你注意到太多事情了。」

砰的一個巨響，鐵門的另一端像是被人用拳頭大力地捶撞，劇烈的聲音，像是刀子一樣切割開凝結的空氣，不安地大肆作響，整片鐵門像是要被人打壞般不斷撞擊著，砰砰砰地不像人類可以敲出的聲音。

聲音來得太突然，原本正在對峙的兩個人同時停了下來。

然後，丁維翰身上的手機傳來幾十個完全沒有中斷的簡訊鈴聲。

退離那個被拚命敲撞的鐵門，虞因吹出一個大泡泡，稍微可以瞄到丁維瀚拿出的手機上面顯示了什麼——

「還給我還給我還給我還給我還給我還給我——」

整個手機版面被塞得滿滿的同樣三個字，像是有幾百個人同時惡意要灌入一般，丁維瀚拿在手上的手機還不斷傳出有簡訊的聲音，速度很快，幾乎是一封剛到另一封就跟著塞進來。短暫的時間當中，虞因看見那個手機就這樣被三個字的簡訊直接塞爆了。

「媽的！」還沒關掉電源，丁維瀚手機上的面板直接一黑，就這樣燒掉了，他氣急敗壞地把整支手機摔在地上，價格不菲的最新款科技化電子用品，就這樣給摔得支離破碎。

估計這一支應該要萬把元吧……

看著被丟在地上的一萬塊，虞因突然覺得一般人打工賺錢好辛苦啊。

鐵門在手機被摔壞之後那瞬間也安靜了下來，周圍的氣氛立即變得很詭譎，像是剛剛那種可怕的聲音都不存在一樣。

很快地，新的聲音打破了空氣的安靜。一樓出現了汽車的聲音，稍微往下一看，虞因看見的是終於來到的保全，紛紛從車裡出來。

糟糕，這下子不知道要怎樣跟大爸、二爸解釋，因爲他明顯就是入侵，被逮到絕對沒話說……不知道這樣會被罰多少……

正思考之間，突然底下傳來另一種砰的衝撞聲響，夾著玻璃破碎的聲音，和底下保全們傳來的錯愕驚叫：「有人跳樓！」

有人跳樓？

疑惑地轉過頭，他看見丁維瀚還站在鐵門那邊，既然自己沒跳，他也沒跳，那麼跳下去的是誰？

底下的保全們再度發出錯愕的驚叫。

夜晚的風開始降低溫度，被衝撞的保全車，整個車頂往下凹了一個大洞，無法倖免的玻璃也被衝擊力撞得粉碎炸開。

而，車頂上的凹洞中沒有人。

連一根頭髮都沒有，那上面完全沒有人的影子，好像他在撞上車頂的那瞬間，立即就憑空蒸發了。

四周的保全莫名奇妙地看著被撞出一個凹的車頂，全然想不通爲什麼上面會不見人影。

搔著頭，虞因收回視線。

就算是生氣……這也玩太大了吧……

才剛一回頭，他立即就看見不知道什麼時候無聲無息欺近到他身後的丁維瀚，正要伸出手：「你幹什麼！」馬上跳開來，差點眞的下去塡那個洞的虞因發出警告。

「頂樓的牆很矮，之前有提醒過你們要小心了，我想這麼晚了……萬一腳滑，站在旁邊的我也沒辦法順利救人吧。」臉上帶著陰惻惻的笑意，丁維翰稍稍鬆了一下西裝襯衫上的領帶，然後踏著步伐走過去：「有時候，人最好不要太過於多管閒事，你是陳永皓的誰啊，管他管那麼多做什麼。」

拜託，你以爲我想管嗎！

根本就是那傢伙逼著我們要去管好不好！

看著對方已經顯露想殺他的意思，虞因退開牆邊，開始往入口處倒退過去：「我覺得我們可以坐下來好好談一談……」

「死人是什麼都不會講出去的。」

一聽到電視殺人片的經典對白之後，虞因眞的覺得大事不妙了。

連忙往空曠處開始跑開，他想拉開最遠距離，然後一邊從口袋裡拿出剛剛就一直開著的手機：「喂喂！玖深哥，都記下來了沒！來救人喔！」看著被反鎖的出入口，他思考著要不要無視防火巷的距離，跳到隔壁天台看看。

「我已經請巡邏員警趕過去了啦！你要做這種事之前，幹嘛不先叫我們在附近設點，你二爸知道的話……啊！」大半夜莫名接到電話要他做證紀錄的人，發出了驚叫聲。

手機發出了好幾個聲響，然後換了一個聲音：「虞、因！你又去給我幹什麼好事！」

某種頗像獅吼的巨大怒吼從話筒的另外一端震耳傳來，迫得虞因連忙把手機給拿開好一段距離：「跟我沒關係！是鬼叫我來的！」要是早知道會變這麼精采，他打死也不會跟那隻鬼來這邊。

「如果逃不過你就把對方給我推下去！我們會證明你是自衛的，如果是你下去，你就小心，我會鞭屍……不對，鞭你骨灰！我馬上過去！」

在另外一端的虞夏氣勢洶洶地把電話掛斷了。

要死了，爲什麼二爸會在鑑識組的地盤上？

還來不及深思他二爸爲什麼半夜沒有在家睡覺，而是在局裡，虞因突然踉蹌了一下，被人從後面撲倒，整支手機也因爲重心不穩飛了出去，落在幾步遠的距離之外，喀咚地彈了兩下後，面板整個變成了玄黑的顏色。

他的四千五！

很心痛地被對方直接壓在地上，虞因用了幾秒鐘哀悼那支才剛送修回來不久又被摔的手機，然後一翻身，用力踹開那個想拽著他去跳樓的人。

正想再度抓住眼前的人而爬起身的同時，丁維瀚愣住了。

掉在兩邊的手機同時傳出了連串的簡訊聲。

一封接一封，不斷灌入手機當中。

如果說自己的只有暫時故障的話，還可以理解，虞因看著另一邊被摔破的手機，那裡也同樣不斷發出接收簡訊的鈴聲。

打算站起身躲開這個人時，他發現其實丁維瀚的視線並不是在兩邊的手機上面。而是在他臉上。

夜晚很深沉，所以他看得格外清楚，在丁維瀚瞪大的眼睛中看見了自己倒影，但是那個倒影的臉不是他的。

那是陳永皓猙獰的面孔。

他聽見丁維瀚發出驚嚇的叫聲，整個人快速地往後退開。

反射性地跳起來，虞因馬上捏了自己的臉一把，但是完全沒有那種神奇的變臉感覺，甚至還可以從對面房子的窗戶看到自己的臉，一點都不缺。

可是剛剛那個……？

他就站在原地，看著丁維瀚受到驚嚇之後，跑去用力拍打鐵門，想要從這地方逃離的模樣，跟剛剛要殺人的樣子相差了十萬八千里。

地上的手機還不斷傳來簡訊的聲音，這次還加上了來電鈴聲，他的、丁維瀚的，兩支手機都不斷大肆作響。

走過去不遠的地方，虞因撿起自己已經被摔壞，且面板全都是黑色的手機：「你不聽看看嗎？」勾起冷笑，他將手機轉向那個想要逃走的人，然後按了接通鍵。

按鍵一按下之後，手機聲音立即被擴大了。

那是一個空洞的風聲，就跟現在他們所聽見的夜風幾乎是一樣的聲響，四周什麼都沒有，只有呼呼吹著的無機聲音，讓人聽了同時也跟著發寒起來。

手機擴大的聲音裡傳來樓下保全正在檢查車子的聲音，然後漸漸開始一點一點被拉遠，就好像有人原本待在那邊，但是現在正在往上遠離。

保全人員的聲音被風聲掩蓋。

從一樓離開，然後是二樓、三樓……

聽著越來越拉遠的聲音，丁維瀚僵硬地將頭轉到另外一邊，看著有著招牌那一面矮牆。

像是慢動作一般，他們先是看見染著紅色跟青色的髮，濕漉漉地滴著液體服貼在皮膚上，然後是有著一層灰白色散著青光的眼睛直瞪著他們，接著是破碎的面孔；一點一點從牆外無聲地緩緩升起來。

丁維瀚張大了嘴巴，一個字都叫不出來。

手機那邊發出了輕微的聲響，對面的人穿著的布鞋剛好站在圍牆上，然後輕輕張開了嘴，聲音卻是從虞因手上的手機傳出來——

「我——的——東——西——該——還——給——我——了。」

聲音很慢，但是透過擴音功能，卻很清晰地傳到兩個人耳朵裡，一個字一個字拖長，隨即就被風吹散。

像是被這句話啓動了什麼開關，丁維瀚整個人跳了起來：「那是我的！這個東西是我的！」他整個人往後退，直到撞上了頂樓鐵門發出聲響才停止。

站在圍牆上的人瞇起了眼睛，詭異的綠眼整個盯在那個人身上。

幾乎是毫無預警的瞬間，鐵門砰地一個巨響，發出了有人重捶的聲音。

同樣被嚇了一大跳的虞因整個鬆手，然後看著自己的手機今夜二度摔在地上，發出可悲的最後聲響：「靠！」

該重買了。

馬上退離那個鐵門，丁維瀚按著左胸口，神經質地瞪著鐵門，又瞪著圍牆上的人：「這是我的、這個是我的……」

鐵門上的聲音立即停止。

被摔在地上的手機跟另外一邊的手機聲響也跟著消失。

虞因看著站在圍牆上的「人」，像是也聽見了丁維瀚的回答，「他」很緩慢地勾出一種沒有任何溫度地笑容，然後臉上的肌肉一動，原本已經整個翻成紫白顏色的皮膚裂開來，可以清楚看見已經泛黑的輪廓肌肉正在抽動著。

「等著瞧吧。」

這次的聲音貨眞價實地從他口中傳來。

下一秒，他們背後的鐵門再度傳來一個巨響，這次是直接被人從裡面踹開，整片門用力反彈到最末端再彈回去，通往樓梯的出入口出現在鐵門之後，附上另外一個應該不可能在這時候來到這裡的人。

「你們兩個在這裡做什麼！」按開頂樓燈，刺眼的白光同時打亮三個人的臉，虞因也同時看見了來的人，是那個叫做滕祈的專員。「丁維瀚、虞同學？」

「哈囉。」虞因抬起手打招呼。

再度回過頭之後，陳永皓已經消失了。

門一打開，燈光亮起來之後，丁維瀚像是突然把剛剛發生過的事情全忘記一般，整個人鐵青著臉，什麼話也沒講，直接就往出入口處走。

「等等！攔住他！」

馬上就反應過來的虞因喊了一聲，站在門邊的滕祈伸出手擋住同事：「我想你們應該好好解釋一下，爲什麼大半夜在這個地方，還觸動保全聯絡我過來看。」

「關你什麼事情！」惡狠狠地回了這樣一句，丁維瀚下意識地看了一眼外牆，然後瞪著擋在門邊的人。

「陳永皓的彩券在他身上！」搶在滕祈詢問前，虞因馬上指著那個人說著：「在他胸前的暗袋——」

還不用他說完，丁維瀚立即反射性地抓住衣服，站在旁邊的滕祈瞇起眼睛，直接拽住人，然後扯開他的外套往暗袋的地方抓。

在蒼白的燈光下，一張白色的小紙張被抽了出來。

「那是我的！」發出了尖銳的抗議，丁維瀚整個眼睛都發紅了，撲上去搶奪那張小紙。

快速地退開來，無視於對方撞上旁邊的門框，滕祈快速地把手上的紙看清楚，然後整張臉都嚴肅了起來，轉向虞因：「這張東西是陳永皓的？」

「沒錯！」

「你怎樣證明？如果要說指紋的話，現在我的也在上面。」冷瞪了一眼旁邊還想撲過來的丁維瀚，滕祈將視線放在另一個人身上。

「除了指紋之外，我當然還有別的證據，不過我要確定，你在聽了之後，不會幫你的同事，還是幫陳永皓嗎？」看著他手上的關鍵彩券，虞因看著另外那個人。

「ＯＫ，我給你保證。」拿出自己的手機打開錄音鍵，滕祈將手機拋給前面的人：「說吧。」

接住了新手機，虞因看了看上面的顯示，然後吐了口氣：「我在那天晚上遇過陳永皓，當時我正從認識的人所開的美髮院出來，因爲時間蠻晚的，買了一些點心，那東西後來我送給陳永皓吃了。所以如果沒錯的話，我想彩券上面除了會有我的指紋以外，還有當晚滷味的油脂或是相關的東西，畢竟他打包時是在攤販台上。」

「嗯，很合理。」拿出手帕將彩券包住，滕祈握著那張薄薄的紙：「是否有更關鍵性的證據？」

「當然有，聽說陳永皓喜歡一種飲料很難買，我在陽台上有看見飲料的空瓶，他應該是當晚有喝過一次，幸運的話或許也會沾在上面，我想當人到最喜歡的地方，又帶著最興奮心情時，他一定會邊喝邊看。還有最後一個……」頓了一下，虞因緊緊握著手機：「那天晚上我去染髮，老闆告訴我說，我使用的藥劑會比較慢乾，不過當天晚上我還急著要去買東西，沒有全乾就走了，之後我有抓過頭髮，所以那張彩券上除了我的指紋之外，我打賭一定會有染髮藥劑，就算是只有一點點！」

「靠！你以為這樣就算你的嗎！我買了彩券，不能去吃滷味、喝飲料，還有染頭髮嗎！那本來就是我的東西！」丁維瀚漲紅著臉想要搶奪，不過滕祈仍然沒讓他如願。

「我當然可以證明絕對是陳永皓的！」音量也跟著放大，虞因眞的覺得這種人完全不知道悔改，馬上也憤怒了起來：「當天晚上我學長用在我頭上的染髮劑，我打賭全台灣驗不出來第二個！那個染髮劑並沒有授權在市面販售，他要借我當實驗所以才用在我身上，這樣夠不夠！」

四周的風突然大了起來。

「這樣很夠了。」

幾個腳步聲出現在後面的階梯上，傳來了另一個聲音：「麻煩在場人士全都不准動，把手上的東西交出來。」

一前一後出現在出入口的是兩張完全相同的臉，不同的地方，是其中一個帶了眼鏡，另一個臉上充滿了怒氣。

「我們是警察，現在以殺人未遂罪名逮捕你。」兩名警員衝上去壓制著拔腿就想逃走的丁維瀚，然後扣在地上。

看著逮到的人，虞佟推了下眼睛走了過來：「滕先生，請交出您手上的東西，麻煩與我們回警局一趟。」

滕祈聳聳肩，把手上的紙張和手帕交給朝他走過來的警員。

「阿因，你是聽不懂人話欠缺溝通嗎！」像隻猛獸一樣踩著重重步伐走過來，虞夏直接朝自家小孩頭上擂了一拳，劈手拿走了正在錄音的手機。

「暴力！我要指控有警察用暴力！」捂著頭，虞因大喊。

幾乎是本能的反應，所有的警員馬上把頭轉開，完全不敢蹚這趟渾水，要不然怎樣死的都不知道。

「抗議！你們包庇……唉呦！」被揍了第二拳的虞因，遭人扯著耳朵拉走了。

匆匆忙忙跟來現場的玖深，快速地將四周的遺落物都拍了相片，然後拾走當做證物。

看著被帶走的三人組，虞佟回頭看了一下天台。

不曉得為什麼，剛剛上來時好像感覺是看見四個人影，大概是眼花吧……

「怎麼了？」把人踢下樓梯之後，虞夏轉過頭看著跟自己一樣面孔的兄長。

「沒事，只是剛剛覺得有點奇怪啊。」

「你說在樓下那些保全？」

「是啊，不知道為什麼一直繞著車在看，明明那台車很正常，什麼都沒有，不知道是哪邊壞掉了……」

他們來的時候，看見的是兩、三個保全一直指著完好的車子，滿臉疑惑地左看右看在檢查，拚命說什麼有人跳樓砸到車子。

不過他們卻看不出車子有被砸的痕跡，甚至連點擦傷都沒有。

虞夏嗤地冷笑了一聲。

「腦袋壞了吧。」

□

那天晚上，幾乎所有人的腦袋也跟著燒壞。

在頂樓被扣押的人加上前來作證的人，還有去搜查證據的人來回交互比對。漏夜偵詢。

「好睏喔。」以關係人身分坐在旁邊椅子上的虞因打了一個哈欠。

「凶手眞的就是丁維瀚嗎？」關係人二號的楚晉禾還是有點不太敢相信，他是大半夜被一通手機叫來的，到局裡之後，訝異著被指控的嫌疑犯原來不是陌生人。

「是吧，那張彩券已經確定是本期頭彩了。」剛剛他還看見玖深哥戰戰兢兢地捧著去檢查，大概沒想到有一天要檢查到兩千萬吧，謹愼得要命。一想到這裡，虞因又打了一個哈欠。通常人在極度緊張之後，就會變成極度放鬆，現在他最想做的事就是乾脆倒地不起，先睡它個幾小時再說。

「爲什麼你沒有叫我一起去？」瞇起眼睛，楚晉禾用有點責備的口氣詢問。

我怕你跟去會壞事……虞因咳了一下，很婉轉地告訴他：「忘記了。」開玩笑，要是當場把所有事情都說完的話，他打賭楚晉禾絕對眞的會趁著纏鬥時把人推下去。

看了他一眼，楚晉禾沉默了。

各懷著心思沒有繼續開口聊，就在牆壁上指針喀地一聲指向五點之後，虞佟才從另外一邊的走廊出現。

「大爸，可以回去了沒？」差點沒睜著眼睛睡著，虞因馬上跳起來問。

「基本上可以了，剛剛比對結果出來，那張彩券上真的有你染髮的藥劑，跟你說的那些東西，不過沒有飲料就是了。已經打電話跟美髮院的人確定過，那批藥劑市面上還沒有，也取得樣本；另外，玖深也比對了陳永皓死亡當天的衣服，在背部驗出了丁維瀚整個手掌的掌形……」看了一眼旁邊的人，虞佟稍微停了一下：「總之，已經確定陳永皓不是自殺，接下來會朝殺人案方向偵詢，剩下的就會看檢察官如何定案了。」

用力地握了一下手掌，楚晉禾像是放鬆一樣長長吐了口氣。

「另外，丁維瀚跟前幾天你們遇到的那批流氓有往來。阿因，你去找他時，他正好在跟那批流氓通電話。好像是陳永皓的父親欠了他們那筆龐大的債務，後來流氓似乎逼得他逃躲了，到現在還找不到人。知道這件事情的丁維瀚，似乎有跟那些流氓接觸過要吃下案子，不過被殺出來的滕祈接手了，拿不到額外利息的流氓，似乎現在還有跟丁維瀚往來，虞夏正在問他們涉案程度。」闔上了手中的本子，虞佟聳聳肩：「這都還是不公開的資訊，麻煩兩位千萬不要說出去。」

「我有個問題。」舉手，虞因搔搔頭：「他幹嘛跟陳永皓他家的債主接觸？」

「那是因爲只有把他家逼急了，陳永皓才會不多考慮答應讓他接案，不過根據滕先生所說，好像陳永皓之前就注意到他們有往來，所以才有疑慮，之後便請他代爲處理。我想，丁維翰對這件事一直很不滿吧，所以那批流氓才會找他碴……不排除也是指使的。」已經把部分都釐清的虞佟有問必答地說著。

「原來如此。」難怪那天晚上那些流氓的態度那麼奇怪。

等等……那天晚上？

虞因突然想到一件事情，他整個腦袋也跟著清楚過來了。

如果是這樣的話，那麼他當初看見那些流氓、玩錢仙的桌子底下那些東西，都可以串聯起來了！

「對了，關於你擅自入侵公司的事情，滕先生幫你扛下來了，他在筆錄上告訴我們說是他叫你去的——」

「大爸！我突然想起來我還有事情，現在可以走了嗎？」還沒等到自家老爸把話說完，用力拍了拍臉頰，虞因急著直接打斷。

「怎麼了？」看見他突然的異常，虞佟疑惑地看他。

「急事啦，一下子說不清楚。」拖著站在旁邊一臉莫名奇妙的楚晉禾，虞因邊拖邊拉地往外跑：「剩下的事情有需要再聯絡我們！」

「喂喂！阿因？」

看著自家兒子抓著關係人消失在樓梯處，虞佟放棄喊人，搖搖頭。反正也沒有其他事情，就任由他去了。

看著檔案上面剛剛新到手的資料，虞佟嘆了口氣。

「爲什麼你看起來好像並不高興？」不知道什麼時候站在一旁的滕祈，環著手靠在牆邊，撥了通要請假補眠的簡訊給助理：「我以爲你們找到凶手會很高興，自殺案被翻成了謀殺……呵。」

「他從一開始就不是自殺案，並不是翻成謀殺，只是將錯誤的改成事實而已。」抹了一下臉，虞佟拿下眼鏡，走到旁邊的販賣機投了兩罐飲料，拋了其中一瓶過去：「如果您能夠早點把你知道的事情都告訴我們，這件案子應該很早就水落石出了……」

滕祈聳聳肩，拉開了拉環：「即使沒說，你們還是破案破得很漂亮，接下來我們公司應該有好一陣子必須替丁維瀚這個害我們名譽受損的人收拾善後了。」

「我不認爲這叫漂亮。」看著檔案上的編號，虞佟瞇起了眼睛：「如果爲了一筆錢而死了人才必須破案，不管如何，這都不叫漂亮……」

「如果今天兩千萬就擺在你面前，你心不心動？」嗅著飲料罐中的人工果香味，滕祈勾起脣角，像是無意地詢問。

「……在慈善機構。」

「嗯？」

閉了閉眼睛，虞佟拿下眼鏡隨意抹了幾下戴回臉上：「我跟妻子出事那一年，對方賠償以及撫恤和保險，扣除喪葬之後一共是兩千三百五十萬，現在全部都在慈善機構裡。」

「我明白了，抱歉。」

四周陷入一片沉默。

最先重新開始話題的是虞佟，也同時要終結對談：「今晚眞是麻煩您了，滕先生，您可以先回去了，若是有需要的話，我們會再聯絡您，感謝您的配合。」

「這沒什麼，往後有空也可以找我閒聊，不一定要辦案才來。」把飲料罐空投到旁邊的回收垃圾筒，滕祈友善地說著。

「好的，我會再去打擾的。」微笑的回應，虞佟聽見了同事的喊聲轉過頭。

「對了，少荻聿已經讓你們收養了嗎？」

「咦？」

猛然轉過頭，虞佟訝異地看著眼前的人。

「沒事，隨口問問。」

然後，滕祈帶著笑容離開。

□

「你拖我出來幹嘛？」

在所有案子都解決之後，楚晉禾對於莫名奇妙被拉出警局感到很不解：「還有什麼事情嗎？」

在聽說是虞因協助找出凶手之後，他的態度也跟著轉好了。

「我們去一趟陳永皓他家。」因爲摩托車還在另一邊的關係，虞因抓著知道路又有車的人，然後隨便跟認識的路過員警借了安全帽。

「去他家……喔，對了，我忘記告訴阿姨這件事情，她要是知道抓到凶手了，一定會很高興。」一想到自己疏忽的事情，楚晉禾的動作也跟著快起來了。

「不是啦，我不是要去他家報訊……啊，算了，到了再跟你說，先走吧！」推著人，急著想證明自己想到的那個事情有沒有錯，虞因有種全身發毛的感覺。

除了陳永皓之外，他們從頭到尾都漏了另外一個人。

清晨五點多，除了便利商店之外，開始開店的還有幾間早餐店和速食店。

兩個人隨意在路上買點吃的，就加快速度往那條小巷子趕去。

時間還很早。

巷子裡的靈堂已經大都給拆掉了，被卸下的東西並未被帶走，因爲屍體還未出殯，所以就先擺放在一旁，以免擋著鄰居太久，另外就是必須等到時辰到時，重新再搭上。

抵達的時候，巷子當中靜悄悄的，倒是看見有一、兩戶的老人家相偕出了門，到公園去做早操或者運動什麼。

天空還有點半昏灰。

下了車之後，時間正好指向即將來臨的六點。

「妹妹是七點上學，應該等等才會起床。」看著緊閉的門戶，楚晉禾想了一下，就把多買的早點放在未關的窗戶裡。

「我目標不是這邊，不用特地去吵他們。」坐在機車後面，虞因拆了自己那份早點來吃，幸好速食店裡有咖啡，不然他今天眞的會死……現在馬上就睏死在這裡。

「對了，你這麼著急到底是爲什麼？」在另外一頭咬著三明治，還是一頭霧水的楚晉禾試圖詢問。

「你記不記得我們之前有聊過天，說到陳永皓他爸爸？」

「記得，那傢伙欠債之後，完全不敢自己出面，把一屁股債留給永皓他們之後，人就不見了。」一講到那個人，楚晉禾就開始微微動了火氣。

「之前我們第一次玩錢仙之前，我看見那些流氓的桌上有東西……」

「東西？」

搔搔頭，虞因不曉得怎樣跟他解釋起：「後來，那個東西出現在錢仙的桌子底下。」

停下動作，楚晉禾轉過來看他：「你想說什麼？」

從頭開始回想之後，虞因很確定他們眞的遺漏了一件事情，快速將早餐吃完之後，他從位置上跳下來：「還記得吧，那天晚上我們被流氓追的時候，從轉角的巷子一直逃回陳永皓他家的事情。」

「記得……等等，那天晚上……」像是突然想起來什麼事情，楚晉禾愣了一下：「我一直以爲是我聽錯，那天晚上是不是有另外一個聲音在我們後面？」

因爲當天太過緊張了，而且之後又爆出流氓開槍的事情，他完全忘記那天短短的距離當中，出現第三個聲音的事情。

緊跟在他們後面，穿著拖鞋跑步的聲音。

那不是他跟虞因的，當然也不是那些流氓，就像是跟著他們後面一起逃亡一樣，但是在之後他們衝進去房子，卻沒有那個人，像只是錯覺般的回音。

「果然你也有聽到。」看他也吃得差不多了，虞因朝他招招手，用跟那天完全不同的優閒步伐走回那個地方：「我聽說那個聲音差不多是半年之前出現在這邊的，之前本來沒有，某一天半夜，住在這裡的人就全都聽見了，然後持續到現在。」

「半、半年前？」訝然地跟上對方腳步，楚晉禾微微顫了一下，覺得自己好像知道了什麼。

「我說過那些人跟陳永皓沒有關係……但他們是追討陳永皓父親欠債的人。」轉過巷子，很快地他們看見了那天晚上的那個房子、那個庭院，空蕩蕩的什麼都沒有。「所以我是這樣推測的，半年前，丁維瀚因爲要爭取這件大案子，所以跟那些流氓合作逼迫他們家快點還款，希望在巨大的壓力下，陳家可以把債務轉過去。」

「在這種前提之下，流氓討債的手法應該會變得更加激烈。」

推開了破舊平房的前門，虞因踏上那一片新土。

「那天晚上，沒有人知道的時候，有人被討債人追著，本來想要逃回家，但已經回不去了。聲音留在那邊，人被帶走，因爲失手，討債人將人打死了，一消失就是半年。」

「等、等一下，你在說什麼！」錯愕地聽著，楚晉禾站在門口的地方，看見他徒手挖開那片新土。

「丁維瀚之所以去看那些人被抓，是想確認他們不會把這件事情說出去，之後流氓打電話要求他交付保金和律師的態度太過理所當然和囂張，讓我覺得他們有很密切的關係。」指尖在泥土底下碰到硬物，虞因瞇了瞇眼，然後將那片土壤翻起來：「對了，我曾經在陳永皓的房間裡看過全家福的照片，仔細一想，其實跟錢仙桌底下的那東西有點像。」驚鴻一瞥，其實也不太有把握。

清晨六點多，附近的居民開始出門，上小學的孩童站在門口呼喚著父母快一點。

陽光開始從雲層中間灑下。

站在自己的影子上，楚晉禾錯愕地倒退了一大步。

出現在新土之下的是一隻白骨的手，旁邊還丟著被半埋著的普通藍白拖鞋。

站起身，虞因拍去手上的泥土：「報警吧。」

然後，所有一切的事情都完結了。

靈堂的煙被燃起。

白色的細長飛煙消散在空氣中。

「阿因，這邊。」

站在巷口對剛來的其他人揮手，穿著一身黑的楚晉禾旁邊還站著幾名男女，更後面的靈堂上有兩張相片，仔細看相片上的人稍微有點相像。

「明天就要出殯了嗎？」一同下車的虞佟、虞夏跟對方打過招呼之後，先繞過去放奠金。看著靈堂裡的其他人，虞因小聲地問著。

「是的，日子選好了，都在明天了。」鬆了口氣，楚晉禾看了一下天空，露出微笑：「明天那些兇手也要移送法辦了……這樣所有的一切都解決了。」

「嗯。」點了下頭，虞因在對方帶路下也上了香，四周依然擺著其他人送過來的花。和之前不同，先前靈堂中那種詭異的氣息完全消失了，只剩下哀慟的氣氛。

在事情全都明朗之後，很多人衝到拘留所外面，喊叫著想要丁維瀚付出代價，估計要是他好運能出來的話，往後應該也不太好過了。

他想，學生不會一直是學生，有一天他們都會出社會。

到時候學校不能約束，學生們不曉得會再怎樣對付他就是了。

「我們不是想要讓丁維瀚賠命。」看著他，楚晉禾笑了：「讓他活得難過可是又死不了，這是我們以後會做的事情，畢竟殺人是瞬間，讓他痛苦一下太便宜他了，他要用一輩子來懺悔曾經爲錢殺了這個人。」

虞因看著他，知道自己沒有什麼方法可以勸退這些人。

那是一種代價，奪取之後要付出的代價。

「滕大哥沒來嗎？」左右張望了一下，虞因轉開了話題。

「滕大哥昨天有來過，放了一筆很大的錢。陳媽媽將永皓留下的那張彩券全權交給滕大哥處理了，聽說加上殺人的賠償和保險金，陳家還能拿到將近六百萬的賠償……因爲死了兩個人。滕大哥會幫他們管理清償負債之後的錢，幫永皓家好好改善生活……聽說他學過理財。」乾笑了幾聲，楚晉禾擦了一下眼睛：「你四處看看吧，我也要去忙其他事情了，還有很多事情等著我們去做。」

「你去忙吧。」

跟楚晉禾說過再見後，虞因轉過頭，看見晚了很久才下車的聿，拉著黑色的衣服走到他這邊。

兩個人走到比較偏僻的地方，沒有妨礙其他人的工作。

「你這陣子也眞忙，書讀得怎樣了？」看著站在旁邊的少年，虞因像是打發時間地聊著。

他家兩個大人進去向陳家解釋後續問題，得等一會兒。

聿點點頭，代表沒有問題。

「唉，我最近打工……本來想買一台筆記型電腦給你當禮物的，我看你很喜歡看東西，上網可以查多一點。不過因爲最近手機被摔壞了，不得不先買手機。」從口袋裡拿出一黑一白兩支同款的手機，虞因把白色的遞過去給他：「我只存夠先買手機的錢，這支是你的，以後有事情就可以直接打給我或其他人了。」

本來想說手機修一修應該可以再撐一陣子，不過因爲最近被連三摔，已經壞到不能再修了，虞因只好先把原本計劃往後壓，買了手機回來。

紫色的眼睛看著他，出現了訝異的表情。

「拿去啦，我有預繳費用，不要濫用就好了。」把白色的手機往前推了一下，虞因這樣說著。

像是確認，聿小心翼翼地伸出手，指尖碰到手機充滿疑惑。

等不及他慢呑呑的動作，虞因乾脆抓著他的手把東西塞進去：「我問過了，裡面還有電動可以打，另外有觸控筆可以在面板上寫字，或者用按鍵輸入，你以後不用那麼麻煩帶大本子寫字了。」

握著冰冷的手機，聿用力點了點頭，然後跑開了。

看著他應該是高興的舉動，虞因也露出了微笑。

從他站著的這個角度，可以看見陳家的窗戶，窗戶裡有著陳永皓母親蒼老的臉。

她滿臉都是淚水。

「我要這種錢幹什麼、要這些錢幹什麼……」母親的口中不斷喃喃地說著這些話語，破碎的聲音消散在空氣中。

將靈堂中的人送走之後，冰冷的數字將永遠取代那兩個人的存在。

可是，那些數字沒有辦法再讓他們擁有全家一起環遊世界的夢了。

嘆了口氣，虞因將新手機的電源打開。

不用一秒鐘，收到簡訊的聲音馬上傳來。

沒有發信者顯示，訊息緩緩打開。

「謝謝你……可以早點認識你們就好了。那天晚上眞的謝謝你，東西很好吃，我妹妹也很喜歡……再見了。」

然後，簡訊中斷了。

讀完了短短幾個字的訊息，虞因勾起笑容，然後指尖壓上了刪除鍵。

他知道，不會再有這種簡訊了，再也不會有了。

該離去的東西終究會離開，不會都一直存在。

螢幕上開始跑動，直到簡訊完全被刪除乾淨。

所有的一切都結束了。

虞因勾起微笑，看著不遠處靈堂的那張相片，相片的人也勾著笑容，像是把所有事情都解決了般安心地笑著。

蓋上手機，他終於鬆了一口氣。

「掰掰，陳永皓。」

祝你一路好走。

這樣，結束了。

《全文完》

【因與聿小劇場】

護玄 繪

後記

編輯真是種很有毅力的工作(被打)

從彩券看人生

大爸是個很容易中小獎的人
啊，幸運～
今晚可以加菜了
同事集資時候會一起買
二爸是即使中獎也可能不會注意就放到過期的人
渾蛋!!
快去把犯人給我抓回來!
還給我混!
混!
尾牙禮之一
阿因是衰人
金槓!!
喂喂!
聿是不買但是會有意外之財的人
撕爛
可惡!
再也不買了!
…
其實有中

真是多彩多姿的人生

員警的辛勞

玖深是個能力很強又非常敬業的鑑識人員
喜歡鑑識工作♡
不過卻非常害怕科學無法解釋之物
被嚇很大
?
現場
另外其實這種的也不是很能接受就是了。
馬上給我滾過來!
吸ー吸ー
心理建設中

警方的工作其實充滿艱辛

國家圖書館出版品預行編目資料

彩券／護玄 著；——初版．——台北市：
蓋亞文化，2008.10
冊；　公分．（因與聿案簿錄；3）
ISBN　978-986-6815-77-5（平裝）

857.83　　　　　　　　　　　97017823

悅讀館　RE123

因與聿案簿錄 三

彩券

作者／護玄
插畫／AKRU
封面設計／克里斯
出版社／蓋亞文化有限公司
地址◎ 台北市103承德路二段75巷35號1樓
電話◎（02）25585438　　傳眞◎（02）25585439
部落格◎ gaeabooks.pixnet.net/blog
臉書◎ www.facebook.com/Gaeabooks
電子信箱◎ gaea@gaeabooks.com.tw
投稿信箱◎ editor@gaeabooks.com.tw
郵撥帳號◎ 19769541　戶名：蓋亞文化有限公司
法律顧問／宇達經貿法律事務所
總經銷／聯合發行股份有限公司
地址◎ 新北市新店區寶橋路235巷6弄6號2樓
電話◎（02）29178022　　傳眞◎（02）29156275
港澳地區／一代匯集
地址◎ 九龍旺角塘尾道64號龍駒企業大廈10樓B&D室
電話◎（852）2783-8102　傳眞◎（852）2396-0050
初版十四刷／2021年10月
定價／新台幣 220 元
Printed in Taiwan

ISBN／978-986-6815-77-5

RE123
GAEA

彩券 たからくじ。

蓋亞文化　讀者迴響

感謝您在茫茫書海中選擇了蓋亞，您的支持是我們最大的動力。
不要缺席喔，讓我們一起乘著夢想的羽翼，穿越時空遨遊天地！

姓名：	性別：□男□女	出生日期：　年　月　日
聯絡電話：	手機：	
學歷：□小學□國中□高中□大學□研究所	職業：	
E-mail：		（請正確填寫）
通訊地址：□□□		
本書購自：　縣市　書店		
何處得知本書消息：□逛書店□親友推薦□DM廣告□網路□雜誌報導		
是否購買過蓋亞其他書籍：□是，書名：		□否，首次購買
購買本書的動機是：□封面很吸引人□書名取得很讚□喜歡作者□價格便宜□其他		
是否參加過蓋亞所舉辦的活動： □有，參加過　場　□無，因為		
喜歡出版社製作什麼樣的贈品： □書卡□文具用品□衣服□作者簽名□海報□無所謂□其他：		
您對本書的意見： ◎內容／□滿意□尚可□待改進　◎編輯／□滿意□尚可□待改進 ◎封面設計／□滿意□尚可□待改進　◎定價／□滿意□尚可□待改進		
推薦好友，讓他們一起分享出版訊息，享有購書優惠 1.姓名：　e-mail： 2.姓名：　e-mail：		
其他建議：		

◎請沿虛線剪開、對摺、裝訂後寄出

◎請沿虛線剪開、對摺、裝訂後寄出

廣告回信 郵資免付
台北郵局登記證
台北廣字第00675號

GAEA

TO：蓋亞文化有限公司　收

103 台北市承德路二段75巷35號1樓

GAEA

Gaea